Johnny B. Bad

Biografía apócrifa de un disc jockey

José Luis Montesinos

1ª edición
ISBN: 979-8-636-54042-7

Índice

01 Oído

Podría ser tú. No lo soy. Soy yo.

Podría haber sido mejor persona. O peor. Podría haber sido muchas cosas. No soy ninguna de ellas. Soy un cuarentón. Parezco un cuarentón. Barrigón. Calvo. Pasado el ecuador. Ya no me queda ni la mitad de mi vida.

Empezar por el principio. Siempre es mejor.

Tú no eres yo. Hay miles de personas que cumplieron cuarenta años el 5 de marzo de 2.013. Soy uno de ellos. Tú no. Quizá sí. No quiero ser tú. Quizá tú tampoco. Problema tuyo.

Miro atrás. Solo en el salón. Podría haber estudiado. No lo hice. Podría beber menos. No lo hago. Mi hígado se queja. Moriré como tú. Sin pena. Sin Gloria. Sin Lola. Sin palabras para Julia. Sin Angie. Ni Layla. Ni Carol. Pagando a Roxanne. Luz roja. Brilla la luz roja. Hoy sí.

No estudié. No supe tocar un instrumento. No era buen deportista. Tampoco ahora. Solo oír. Maldita droga. Sin orejas hubiera sido más feliz. Miento. Bellaco. Me gustan las frases hechas. Los lugares comunes. Las mentiras piadosas. Los clichés. Las mentiras no me gustan. Dos mentiras. Un párrafo. No creas todo lo que digo. No creas todo lo que dicen. Lugares comunes y frases, hechas decía. Alguna verdad ha de haber. Me gustan las coplas. Y hasta la falsa moneda.

Soy un hombre solo. En la mitad del camino. En el salón. Solo. Mirando atrás. Buscando errores. Desde el principio.

Fumé a los trece. También bebí. Dormí en un banco a los quince. O dieciséis. No tengo memoria. No tanta. ¿Tú sí? Oí mucha música. Mucha. Después comencé a escuchar. No había muchas opciones. Me entregué a la noche. Sexo. Drogas. Rock and Roll. De eso va esto. No hay más.

Cuarenta ya. Nunca desperté rodeado de vómito ajeno. Solo propio. No estoy en Wikipedia. No dejaré huella. Solo un tufo. Mi olor. No huelo mal. Solo huelo. Tampoco aquí tengo ventaja.

Imagina que tienes cuarenta años. Pierdes pelo. Engordas. No mucho. Algo. Pero engordas. Mírate en el espejo. Ese eres tú, chato. O tú, preciosa. ¿Qué has hecho? Los últimos años, digo. Los últimos quince. O veinte. Cuenta tu historia. Esta es la mía.

No estudié. Soló oí. Aprendí. Memoricé. Lees de corrido. Saltas alto. Haces cuentas. Tus virtudes. Memorizo canciones. Es lo mío. Eso sé hacer. Muy bien. Nada más. No teníamos red. Solo radio. Cintas. Discos. Compactos. Eso oía. Y memorizaba. Y aprendía. Después comencé a escuchar.

Aprendí el ritmo. La cadencia. Aprendí. Oí. Escuché. Embelesado. Absorto. También absorto. Y ausente. Notas fluyendo. Vibraciones que recorren el cuerpo. Mi cuerpo. Desde que tengo memoria. Todo es música. Mi abuela canta. Junto a mí. Habla de mierda. De Papas. De frutas. Canta. Vernácula. Ajena al régimen. Agoniza el régimen.

Todo es música. Punk. Rock. Metal.

Acabé de pinchadiscos. Ahora *dee jay*. Como Horacio. De carne y hueso. No soy un dibujo animado. Soy una caricatura de persona. Pero soy real. Creo. Divago.

¿Qué opciones tenía? Tabaco. Alcohol. Rock and Roll. También mujeres. Sexo. Marihuana. *Coca. Birra. Sexo. Cresta de Almidón. Chupa con clavos.* Verdad, ¿Joaquín? El tugurio se llamaba Instinto. El Instinto. Cerca de casa. Cinco minutos. A pie.

Mil pelas la hora. Cuatro horas. Cuatro mil. Y tres güisquis. Y algún porro. Algún chupito. Algo de *farlopa*. No siempre. Algún polvo. No siempre. No estaba mal. El sueldo.

Ardían las camas. Ardían los tunos. Ardían los cuerpos. Fuego. Como parte del espectáculo. Incluía desnudos. Borrachos desnudos. Sobre la barra. A las tres. The Blues Brothers, organizaba un motín. En el bloque nueve. A las tres. Borrachos sobre la barra. Camareras sobre la barra. Sorbo de Justerini&Brooks. Pelea en la calle. Así empezaban los '90. Agonizaba el siglo. Era el final, el final de los setenta. Era el final, el final del siglo. Todo acababa. Kurt Cobain estaba a punto. De acabar. Primero Kurt. Luego el siglo.

El pinchadiscos ponía música. Tenía a Lola. Estaba sola. Como yo. Nos acompañábamos. Lola y yo. Nunca se hizo carne. Nunca. Lola no vino a por mí. Zorra.

Lola no se hizo carne. Solo alcohol. Ni Layla. Ni Gloria. Solo Patty Smith. O Blondie. ¿Qué pinto yo? Entre Patty Smith y Joan Jett. Entre Blondie y Chrissie Hynde. Nunca entraron por mi puerta. No saben quién soy. No soy tú.

¿Qué opciones tenía? No quería estudiar. Solo escuchar. Eso hacía. Y lo hacía, lo hago bien. Soy callado. Discreto. Di un buen consejo. Hace años. Una vez.

Escuchar canciones es como escuchar mujeres. Sólo tienes que recordar la letra. Luego la cantas. Una canción sucede a otra. Una mujer es un disco entero. Algunas tienen cosas que decir. Joder. No todas. Algunas. Esas me valen. Algunas canciones. Algunas mujeres.

Algunas te hacen vibrar. Por su guitarra. Por sus pechos. Por sus letras. Por sus labios. Por su portada. También la portada.

Se trata de hacerlas fluir. Las canciones. Las mujeres.

Escuchas mujeres. Escuchas canciones. Escuchas mujeres que escuchan canciones. Que piden canciones. Yo tengo poder. Mujeres. Alcohol. Canciones. Se trata de escuchar. De complacer. Es el poder. Mi poder.

Canciones como mujeres. Mujeres pidiendo canciones. Yo pongo canciones. Y sirvo chupitos. Y puedo conseguirte un gramo.

- Tómate una, chata, yo invito.

Esa canción no la tengo. Olvídala. Y bebe.

Así noche tras noche. Tras semana. Tras mes. Escuchando música. Mujeres. Y bebiendo alcohol. Algún gramo. Algún polvo. Ese fue el principio.

Pensábamos matar tunos. Y eso fue el principio. La culpa la tuvo el oído. Bendito sentido.

Ahora parece acabar todo. Solo. En el salón. Bebo Macallan. Manías de viejo. De viejo de mediana edad. De viejo verde adicto al güisqui. Tal vez acabe pronto. Tal vez no. Ahora saldré a dar una vuelta. A cinco minutos de casa queda aquello. Por instinto. De bares. De Barricada.

No ha cambiado demasiado. El barrio, digo. Las calles se llaman igual. Los estudiantes son parecidos. Alguno se va. Otros vienen. Visten ahora como hace veinte años. Hace diez, como hace treinta. El Instinto queda cerca. Plaza Xúquer. Calle Clariano. Esquina Gorgos. Ríos. Todos ríos. No me gusta el agua. Prefiero el asfalto. Son ríos de asfalto. Me gustan.

Cae la tarde. El bajo está en alquiler. Mierda de crisis. Era un tugurio. Lo reconozco. Pequeño. Humeante. Puta ley del tabaco. No puede uno matarse a gusto. Ya tengo un padre. No quiero otro. Es muy plasta. Mi padre, claro. Y muy plasta.

El estado. Antes estaba Dios. Te apañaba con diez mandamientos. Hoy millones de páginas al año. Mierda de país.

Saltan ideas. De una a otra mi mente. Así lo veo yo. Cruzando Clariano. A mi espalda mi primer empleo. Mis primeras canciones. Mis primeros polvos. A las cuatro de la mañana. En un portal. En un parque. En un coche. Con suerte. A las siete de la mañana, zigzagueando a casa. Con un poco menos de suerte. No cuenta la suerte. Cuenta el poder. La música. Las copas.

Hay bares. Algunos estaban ya entonces. Algunos no. Gorgos emboca la plaza. Cruzas el parque de Xúquer. Serpis en frente. A la derecha Vinalopó. Ríos de asfalto. Sin rumbo. Una en el Carajillo. Quizá otra en el Cedro. Echaré un par. Mientras ando, pienso. Pienso y maldigo. Maldigo y recuerdo. Sonrío. A veces. Echo la mirada atrás. Sonrío. Me carcajeo, interiormente. Media sonrisa. Muy Burning Love. Muy *a hunk, a hunk of burning love.*

- Joder, soy un gilipollas.

Pienso en alto. Mis pensamientos brotan. Creo oírlos. O no. Quizá los mascullo en alto. O entre dientes. No sería la primera vez. Te quedaste mirándome. Al cruzarnos. Seguro. Dije "soy un gilipollas". Me oíste. Giraste la cabeza. Te reíste de mí. En tu interior. Sin errar como yo. Sin pensar vociferando. Como yo. "Tiene razón es un gilipollas y un poco capullo" sonó en tu mente. O no. No sé si fuiste tú. Alguien fue. Algo así pensó. No se equivocaba.

Ninguna de las veces que nos cruzamos.

Entré a trabajar en Navidades. Bueno, justo después. Falló el titular. Me llamarón de suplente. Así empecé. Con una multa el primer día. Sentando cátedra. Haciendo ruido. Mucho ruido. Literalmente. Nunca dejé de hacerlo. Desde entonces. Es mi rutina. Primero por instinto. Hoy por necesidad.

Eran los tiempos de odiar a los tunos. De matar hippies en las Cíes. De cantar Puta Navidad. A gritos. De ver a los Barones dos veces al año. De beber dentro y fuera de los bares. De beber en la gasolinera. Del litro en el parque. De llevar J'Hayber o pantalón de cuadros. Al gusto.

Así se respiraba. No se tu que hacías. Yo, vivía.

02 De Polonia

Dentro de una barra tienes poder. Dentro de una cabina tienes poder. Puedo joderte la noche. O no. Puedo colmar tus deseos. Los alcohólicos. Los musicales. Dame wifi. Pide. Pide por esa boquita. Pronto lo supe. Pronto saqué partido.

El antro era pequeño. Los antros se llenan de *antrosos*. Los *antrosos* eran mis amigos. Algunos de ellos. Había otros. Y otras. Chupas de cuero. Mallas. Pelos de colores. Vaqueros. Estudiantes extranjeros. Erasmus. Así se llamaban. Al poco lo supe.

Entraban y salían. Si llenábamos, llenaba la gasolinera. La acera estaba llena. De botes. De cartones de vino. A veinte duros el trago. Entró resuelta. Era su primera vez. No la tenía fichada. Yo estaba verde. Aún muy verde.

Ewa me ayudó a curtirme. Era la primera. Casualidad. Fue mi primera vez. En el bar. Ewa era de Breslavia. Hay gente de Gotemburgo. De Londres. De otros lugares. *Ryanair* vuela a Wroclaw. A Göteborg. A London. Al lado. O a tomar por culo. No sé cómo vino Ewa. Ni por qué acabó en mi bar.

Me pidió música en inglés. No tenía mucha. Se la pinché.

Me pidió cerveza. Tenía bastante. Le serví mucha.

Yo también bebí.

Llevaba gafas. Piel clara. Pelo caoba. Si has besado a una polaca sabrás que no hay mujer que bese más dulce. Eso pasó al poco de cerrar. Y lo hizo como te digo. Dulce. Despacio. Sin prisa. Me excitó.

Soy un bruto. He besado a muchas mujeres después. A algunas antes. Ewa era dulce. Con más pasión. Con más ansia. Con absoluta zafiedad. Incluso con desprecio. Con el alcohol hirviendo en mis venas. Ewa fue dulce. Muy dulce. Y me hizo dulce a mí.

Sólo me ha gustado un dulce. Vino de Breslavia a mi bar. Tuve que morderlo. Quería saborearlo. Todo. Entero. Sin dejar nada. Eso hice.

Besé su cuello. Mordí sus orejas. Ese era mi ritual.

Susurré en su oído. No me entendió. No lo creo. Habíamos bebido. Estábamos ebrios por el alcohol. Algo. Ebrios por el contacto de nuestros labios. Mucho. Por mis manos en su cintura. Más. En su cinturón. Acariciando su pompis. Apretado. Pequeño. Joven. Polaco. Dulce.

- Hora de salir.

- Nos vamos.

Hacía buena noche fuera. Estaba sudado. Y caliente. Me cogió por la cintura. Le di un beso más. Ansia de joven inexperto. Calentura febril. Estaba verde. Empezaba a cocinarme. A madurar. A tentar el poder. Frágil poder. La conquista. Su cintura. Su trasero. Sus pechos. Su respiración. Un par de monedas. Un par de botes en la gasolinera. Invité yo. ¡Qué coño! Había que celebrarlo.

No le pregunté por su casa. Ella no dijo nada. Ewa no dijo nada. Recostó su cabeza. Salimos a la avenida. Hacía buena noche. Cruzamos al parque. La yerba estaba fresca. Nunca tuve moto. No tenía casa. Entonces me lo hacía en el parque. O en un portal.

- ¿Tienes frio?

Me besó. Sonrió. Me derritió. Negó. Me besó. De nuevo. Creí estar enamorado.

Solo estaba caliente. Medio pedo. Excitado. Medio erecto.

Nos tumbamos. Puse mi chaqueta. Y nos tumbamos. No tardé en besar sus pechos. En aventurarme bajo su ropa. Antes la besé. Ansioso.

A más ansia mía, mayor su dulzura. Eso me superaba. Me descolocaba. Era distinta. Pelo caoba. Piel clara. Cerré los ojos. Pasé la lengua por su piel. Por la piel de su cuello. De sus hombros. De sus labios.

Sus ojos cerrados. Su boca entre abierta. Incitando a mi lengua. Respirando. Profundamente. Tuve que mancillar su dulzura. Mi lengua pastosa busco la suya. Su dulce lengua. Mordí sus labios dulces. Mi lengua pastosa encontró la suya. Entre su azúcar. Dulce.

Así fue. Poco a poco. Despacio. Se fue acompasando todo.

Mi ansia se tranquilizó. No había prisa. Su cuerpo estaba conmigo. Ewa estaba conmigo.

Acaricié su pantalón. Su cinturón. Me tumbó bocarriba. Se puso de costado.

Me besó. Sonrió. Me derritió. Me besó. De nuevo. Creí estar enamorado. Sus ojos no negaban. Mi mano sobre su cintura. El final de su cintura. Traviesa. Mis dedos bajo sus braguitas. Entrando entre sus cachetes. Sus ojos afirmaron. Me besó. Sonrió. Ya era suyo. Iba a ser mía.

Mis manos la rodearon. Sin salir del vaquero. Por sus caderas. Buscando su botón. Su botón delantero. Su *zipper*.

- Cuidado con mi *zipper*. ¿Cómo se dice?

No dije nada. Conseguí otra sonrisa. Una pequeña batalla ganada.

- Cremallera.

Había pagado el precio. Justo fue contestar. Colé el dedo índice por su bragueta. Entre la cremallera y las bragas. Entre los pliegues de su piel. No pudo contenerse. No pudo apagar el suspiro. Me incitó. Continué. Pasé la mano por su sexo. Por encima de sus braguitas. Mirando sus ojos. Buscando su humedad. Su calor. Su aprobación.

Poco a poco llegó. Llegó su calor. Llegó la humedad. Llegué a su sexo.

Bufó.

Pensé.

Sí. Pensé. Tuve un momento. Ligero. Débil. Pero un momento para pensar. Solo quería decidir qué hacer. Estaba verde. Quería madurar. Cocerme con Ewa. Comérmela. Entera.

Bajé sus pantalones. Medio muslo. Posé mis besos. Entre sus pechos. Una mano subió su sostén. La otra sobre su sexo. Sobre su ropa interior. Buscando un pezón. Entre los dientes. Mis dedos atrapando el otro. Sus uñas se clavaron. Se tensa.

Un escalofrío la recorrió.

- Tengo frio.

Y subió sus pantalones.

- ¿Quieres venir a mi casa?

- ¿Vives solo?

Una mueca en mi cara. De fastidio.

- Algo se me ocurrirá.

Vestidos. Andamos. Me abrazó. Y me besó. *Sweet dreams are made of this*. Poco a poco llegamos a casa. Mi mano en el bolsillo de su pantalón. La suya dentro de mi cinto. Repitiendo mis caricias. Me gusta eso. Me gustó entonces. Me gusta ahora. Desde entonces. Obscenidad de azúcar. Mestalla a mi espalda.

Tenía una buena erección. Henchido de deseo.

Entramos en el portal.

- ¿Estas mejor aquí?

- Sí, ¿dónde vamos?

Subimos al entresuelo. No hay puertas en el descansillo. La escalera está aislada. Me apoyó contra la pared. Me besó. Me sorbió. Tomó la iniciativa. Me ganó. Perdí el tanteo. Su lengua en mi boca. La recorría. Peleaba con la mía. Desabroché su pantalón.

A medio muslo. De nuevo. Sus bragas también. A medio muslo.

Sacó mi camiseta. Con rabia. Mis manos en sus nalgas. Apreté sus cachetes. Estaba dura. Sus cachetes también. Abiertos. Los amasé.

- Deja eso.

Susurré en sus oídos.

- Te voy a comer el coño.

Sonrió. No se cansaba de sonreír. No dudó en volver a ganarme. En tenerme. En usarme.

Nunca elegí yo. Esta vez tampoco. Estaba expuesto en un bar. Ella compró la mercancía. Sencillo. Directo.

Desnudo de cintura para arriba. Desnuda de cintura para abajo.

Metí la cabeza en su camisa. En su ombligo. En su vientre. Atrayéndola. Mordiéndola. Mojándola con mi deseo. Acariciando su ano. Buscando su sexo desde atrás. Oyéndola gemir. En cuclillas. Sintiendo el calor de su sexo. En mi cuello. En mi pecho. Respirando con dificultad.

Fallaron sus piernas.

- ¿Estás bien?

Asintió. Sentada en una esquina. Sus dientes iluminando.

Abrió sus piernas. Acarició su sexo. Lo mostró. Incitante. Brillante.

Me arrodillé. Besé sus rodillas. Se abría. Se ofrecía. Suspiraba. Mis mejillas en el interior de sus muslos. Nunca voy bien afeitado. Supongo que le rascó. Sus muslos. Sus ingles. Mis besos. Mis dedos. Mi lengua. Un poco más cerca de su sexo.

Pellizcó un pezón. Lo estiró. Mi boca estaba allí. En el pliegue de su pierna. Sintiendo su calor en mi mejilla. Besando el canal entre su muslo y sus labios. Hinchados. Henchidos. Calientes. Mojados. Subiendo la lengua. Solo la punta. Mordiendo en vello de su pubis. Besándolo. Eternizando el momento. *Quisiera ser un pez.*

Pensaba. Con sus pelitos rojizos entre mis dientes. Pensaba en lamer su coño. Con sus dedos entre mis pelos. Pensaba en cómo hacerlo. Ya te lo he dicho. Era mi primera vez. En besar esos labios. Las otras no quisieron. O tal vez no osé. Pensaba. Haciendo el recorrido inverso con mi lengua. Por ese unión deliciosa. Su muslo a mi izquierda. Su sexo a mi derecha.

Olí. Inspiré profundo. No pude contenerlo.

Mi lengua casi en su ano subió. Abrí su sexo así. Penetrándolo levemente. Separando sus labios rosados. Saboreando su excitación. Gimió. Gritó casi. Toda mi lengua pasó por su clítoris. Lo raspó de abajo arriba. Gritó. Se mordió los labios. No fue como lo imaginaba. Fue mejor.

Levanté los ojos. Los suyos cerrados. Metí la lengua en su coño. Tan dentro como pude. Y besé su clítoris. Mis labios lo apretaban. Me dejé llevar. También con los dedos. Quería llegar al final. Quería hacerlo bien. Empujado por el alcohol. Quería hacerlo bien. Tan bien como pueda hacerlo un recién iniciado.

Estiró mis pelos. Hizo una señal.

Dos dedos se abrieron paso. Mientras besaba por todas partes. El pulgar presionando. Índice y corazón entrando y saliendo. Entrando y saliendo. Entrando. Presionando. Busqué de nuevo su clítoris. De nuevo en mis labios. En mi lengua. Rodeándolo. Recorriéndolo. Presionando. Dos dedos a modo de pene. Una lengua a modo de dedos. No sé cuánto estuvimos así. Sólo sé que gemía. Disfrutaba. Yo también.

Solo sé que su aliento me caía como una losa. Una losa sobre mi coronilla. Su pubis buscaba, subía. Me buscaba. Buscada el contacto de mi lengua. De mi lengua con su sexo. De mis dedos con su piel. Con su ano. Con la piel rosada de su interior.

Solo sé que se tensó. Que me atrapó. Estirando mi pelo. Presionando mi cara. Mi nariz ahogada en su vello. Su vello rojizo. Caoba también. Se tensó. Se aceleró. Poco a poco. Se iba a correr. Yo lo estaba deseando. No dudo que ella también.

Mi primer orgasmo con la lengua. Me hizo sentir orgulloso. Me hizo tener una erección. Me dolía el pantalón.

Ella desnuda de cintura para abajo. Yo desnudo de cintura para arriba.

Esparció su orgasmo por mi barba. Por mi nariz. Por la comisura de mi boca. Atrapé lo que pude. Me apartó. Me levanté. Me senté a su lado. Y volví a disfrutar de su sonrisa.

Recobró el aliento. Me abrazó. Acariciaba mi pelo.

Miró mi cremallera. Aún estaba excitado.

Bajó la mano. Me besó. Dulce. Dulce y lujuriosa.

20

03 Lunes

Las resacas se transforman. Con la edad. Se vuelven un velo. Una sensación. De dulce resaca. Dulce resaca dice mi primo vasco. ¿Que sabrá? Le daré crédito.

Los domingos son aburridos. *Los domingos son muy aburridos.* Tanto que no tienen letra. Una sucesión de notas. De vacío. De comidas familiares. Con o sin sentidos. Con reproches. Con dolor de cabeza. Con dolor de estómago. Con un velo en la mente. *Un velo de sangre en la mirada. Y un deseo en el alma. Que jamás la encuentre.*

Mis padres no fueron comprensivos. No demasiado. Me levantaba a las doce. Ayudaba a mi madre. Hacíamos la comida. Y me dolía el alma. Así cada domingo.

Cobraba cuatro mil pesetas. Por noche. Y lo que me diera tiempo a beber. Cobraba en especie. En carne. A veces. Ya sabes. Ewa.

El domingo. Un trámite. Un paso al lunes. Todos odian los lunes. Yo no. Es mejor que el día del Señor. Tranquilo. Solitario. Todos trabajaban. Yo descansaba.

- Búscate un trabajo de verdad.

Nunca me pidieron dinero. De eso teníamos. Al menos.

El domingo algunos morimos. El tercer día es lunes. Y resucitamos.

No me levantaba pronto. Tampoco muy tarde. Media mañana. Diez. Once. Pensaba que hacer con mi vida. Un café. Corto. *Ristretto*.

No hay muchas canciones que hablen de café. Solo me vienen 4.40.

No sé por qué.

Levantarse en camiseta. En bóxer. Ducha. Café. El ritual. Hay que desayunar fuerte. Yo desayuno café. Fuerte.

Ponía la tele. Leía un libro. Escuchaba música. Una rutina tranquila. Hasta mediodía.

Hacía la comida. O ayudaba a mi madre. Nunca me asustaron los fogones. No soy un artista. Luego *el postre es bueno, para quedar lleno*. Después salir.

Entonces mis amigos trabajaban. O no. A ratos. Poco a poco a ganarse la vida. De mensajeros. De transportistas. De lo que fuera. O saliera.

Unas cañas. O litros. Por la tarde.

- Si no corre el aire aquí, no corre en toda Valencia.

Somos de las afueras. Así era la rutina. Lunes tras lunes. Y martes. Y miércoles. Los jueves abría el bar. *It's Friday, I'm in love. Saturday night it's alright for fighting*. Desde aquella Navidad. Todo empezó en Navidad. Hasta hoy. Son veinte años. Esa es la rutina. El domingo se tornaba de nuevo aburrido. Y así hasta verano.

En verano la gente se va a la playa. En Valencia. Suda. Baila. Se enlata en bares cutres. Bares cutres con música cutre. Pero están en la playa. Las copas valen el triple. Solo por eso. El triple que en mi bar. Son la misma mierda. El mismo alcohol de quemar. Mi jefe era honesto. Al menos en eso. Servía veneno. No engañaba a nadie. Ponía veneno. En la etiqueta. Había una calavera. En el vaso. En tu copa.

El lunes pensé en Ewa. Tomábamos cañas. Reíamos. Les contaba a mis amigos a qué sabe un coño. Ellos tenían sus teorías. Y sus certezas.

Pensé en mi suerte. Tenía dinero. Cerveza. Whisky. Copas. Y ahora mujeres. No sabía qué hacer con Ewa. Aún hoy. No sé qué hacer con una mujer. Cuando se visten.

Así era al principio. Así es ahora. No he cambiado. No tanto.

Ewa fue la primera mujer que me dieron los bares. He tenido varios bares. Ninguna mujer fue mía. Ninguna. Aquel fue el primer lunes. El primer lunes después. Muchos otros lunes vinieron. Algunos felices. La mayoría tranquilos.

El lunes es un buen día. No creas todo lo que oyes. No creas todo lo que lees. Mucho mejor que el domingo.

Nos juntábamos varias mesas. Nosotros somos cuatro. Éramos cuatro. Había otros grupos. Algún profesor del colegio. Del barrio. Pasado el bachillerato puedes hacer amistad. Compartir carajillos. Esas cosas.

La perspectiva es buena. Aquello se ve claro. Todo aquello. Ahora.

Mi vida ha sido una mierda. Quizá. Pero es mi mierda. Siempre hice lo que quise. Y me gusta mi mierda. Estoy en paz.

Nos convertimos en quienes somos. También por culpa de los lunes ociosos. De las tarde de lunes tomando cañas. Eso forma parte de mí. De quien soy hoy. De mi soledad. De mi paz.

Deseé trabajar. Quería comprobar lo que intuía. Ese dominio. Ese poder. Esa postura. Eso que te hace más atractivo. Más sexi. Algo que nunca he sido. Mas que con una barra entre medias.

El martes fue igual. Igual al lunes. Y al miércoles.

Ewa no vino. No ese viernes. Tampoco el sábado. La eché de menos. Durante cinco minutos. Luego puse un chupito. Y otro. Y me olvidé. Hasta el lunes. Los lunes eran el día de Ewa. Entonces.

Quizá el sábado fuera de Juliette.

Pasaron varios lunes. Lunes de clase. De instituto. De universidad. Lunes vagos. Trabajando. Al sol. De café con bollos. De patatas y huevos. Fritos. O estrellados. Con jamón. Lunes de café fuerte. De carajillo de Magno. De ron Mariel, quemadito. De almuerzos con *cacau i olives*. De quinto. Y pon tapa. De polígono. De reparto a domicilio. Lunes de cartas certificadas. De facturas. De Extractos del banco. Semáforos en rojo. En verde. De multas. De tumultos. De colas del pan. De baja a comprar algo para beber. Que a tu padre siempre se le olvida.

Lunes de cañas después de comer. De echar la tarde tranquila. Mis lunes. Al fresco.

Una vida a contracorriente. Mi vida al revés. *Ocho de la mañana. Suena el despertador. Te levantas de cama. Eso es lo peor.* Esa es tu rutina. Tu lunes. Y tu martes. Rodríguez. Yo descanso. Viendo la vida. Pasando la vida. Escuchando la vida. Sonar. Cantar mientras pasa.

No lo recuerdo. No recuerdo cuantos pasaron. Cuantos lunes. Cuantos martes. Ewa volvió. Y el lunes volvió a ser feliz. El domingo también. Por una vez.

Quedamos por la tarde. Después de fregar los platos. Lunes de lavavajillas.

Ewa tenía el pelo caoba. Gafas pequeñas. Ciento sesenta y siete centímetros. De estatura. La piel clara. Labios sonrosados. Dulces. Me cogía de la mano. Delgada.

Una camiseta de colorines. Chanclas. Pantalón ancho.

Tomaba té.

Puse mi mano en su ingle. Cerca de su sexo. Hablamos. Cambiamos de sitio. La Salamandra. Plaza Xúquer.

Entró un viernes. Y un sábado. Pidió música en inglés. Sonrió. Me besó. Me susurró. Al oído. Le susurré. Al oído. Que tenía un conejito delicioso. Sonrió.

- No te entiendo. – Mintió.

Vino porque estaba sola. Sola en casa. Y quería compañía. A veces tienes suerte. A veces te comes un full. Un full de ases y jotas. Contra un póquer de doses. De mierda. Pero te lo comes. Yo llevaba cuatro. Cuatro iguales.

- ¿Solo trabajas en el pub?

Hablaba bien. No te percatas. Por la noche. El sol aclara ciertas cosas. Pone luz. Pero miente. Solo aclara algunas cosas. Estaban ya claras. La noche tiene sus tesis. Y no miente. El día las suyas. Tenía un acento limpio. Me jodió la pregunta. Torcí el gesto. Aparté la mano. De su ingle. Sorbí un trago. Terminé la cerveza. Pedí otra.

- Sí.

Se acercó. No te enfades. Susurró. Me mordió la oreja. Conocía mis gustos. Tuvo un fin de semana. Entero. Un fin de semana para averiguarlos. Mis gustos. Puso la mano en mi bragueta. Me dolía. Tres días de sexo. Tres pajas un lunes. Me gustan los lunes. A veces lo celebro.

- Ya no estoy sola.

- Lo sé.

Apareció el viernes. Yo estaba borracho. Casi del todo. No había mucha gente. Esperó al cierre. Bebió. Se puso a mi altura. Fue un desastre. Yo estaba muy alto. Caímos. Desde arriba. Desde lo alto. Nos dimos de morros. Vomitamos. Juntos. En su casa. Eso une. Y te ríes. Si te da. Vómitos con humor. Somos unos miserables.

El estómago vacío. El wáter lleno. De vómito. De bilis. Consiguió masturbarme. Su cama era estrecha. Sus caderas anchas. Metió la mano en mi bóxer. Los bajó. Metió la mano entre mis piernas. Acarició. Hoy no se hubiera levantado.

Hace veinte años.

Acarició cerca de mi ano. Mi pene se levantó. Había desaparecido. La borrachera. Su mano acariciaba. Subía y bajaba por mi sexo erecto. Duro. Muy duro. Me besaba. Sabía horrible. Yo también. No importó. Terminé por correrme. En sus manos. Me quedé frito.

Frito en una paja alcohólica.

Pasaba medio día. Ewa no estaba. Entré en la ducha. Al rato se metió ella. Jugamos. Reímos.

Me dolía la cabeza. Me estallaba.

La noche fue parecida. A la anterior. Salí a mi hora. Vino a la suya. A las dos. *Y allá en las calles de aquí p'allá, to embolillao buscando un bar.*

- ¿Que significa jartos? ¿Y embolillao?

- Pues como tú y como yo.

Vinieron mis amigos. Tuve que presentarlos. Me fui con Ewa. Pasé el domingo. Entero. Con ella. Tiempo para todo. Para jugar. Para conocer. Para hablar. En la ducha. En la cocina. En el salón. Para follar en el baño. Para comer desnudos. O salir vestidos. Al balcón. A fumar. Dos canutos. Ewa fumaba hachís. Y yo. Hubo tiempo que pasar. Que perder. Que sudar. Hubo tiempo para lamer. Morder. Acariciar. Arañar. Rascar. Y tiempo para gemir. Tiempo para correrse. Y para morir de resaca.

Nos conocíamos desde siempre. Mis amigos y yo. Del cole. De la misma clase. El clan. La tribu. La adolescencia. Primero futbol. Luego chicas. Y porros. Y cerveza. O güisqui.

Alguno estudió. Otros no. No somos los más listos. Ni los más tontos. Ni los más guapos. Ni los atléticos. Ser listo es una desgracia. Como otra cualquiera.

Nada de *Rock&Roll High School*. Ni de película. Un colegio de curas. Salida de Barcelona. Lo normal. Amigos. Enemigos. Y Rock and Roll.

Conciertos. Música. Sexo. Peleas. Alcohol. Drogas. Granos pajeros. Y pajas en grupo. Porno en revistas. Pegadas. Las páginas.

Compartimos copas. Canutos. Y chicas. Noches y días. Tardes. Alguna mañana. De empalme. Historias. Como cualquiera. Visitas a urgencias. Al aseo. Al frontón. A lo oscuro. A mear en la tapia. Éramos un grupo de amigos. Somos un grupo de amigos. Veinte años después. Más de veinte años. En realidad.

Las cañas por la tarde. La partida. Las noches de fin de semana. Allá donde yo pinchara. O no. No siempre. Los abuelos y la petanca. La litrona a veinte duros. Devuelve el casco. Cinco duros. Cuatro tipos. Cinco litronas. Luego al tajo. Cena y tajo.

Primero el Famay. El Forty Four. El Salamandra. El Instinto.

Otros luego. Con el tiempo. El Roxy. Después de pinchar. Y otros sitios. Más calles. Tomando botes. Y litros. Y copas.

Fumando negro. Rubio. Hachís. Cocaína.

Compartiendo mujeres. Amigas y derechos. Derechos no escritos. Sobreentendidos.

Corriendo desnudos. Por la avenida.

Sentados con la polla fuera. Con una pizza. En un banco.

Acariciando a una mujer. Por turnos. Besándola. Por turnos. Que las manos no se junten. En sus muslos. Sobre su sexo. Mientras la besamos.

Eso le contaba a Ewa. La última vez en un banco. En Blasco Ibáñez. No fui yo. Pude haber sido. Lo fui otras veces. Aquella no. Una mujer para dos. Las manos subiendo por los muslos. Girándose. A derecha. A izquierda. Enroscándose con cada uno. Alternativamente.

Ewa reía.

- No me compartas.

- No pretendía.

Hay mujeres que compartes. En el tiempo. En una noche. A la vez.

Hay sabores. Hay aromas. Hay vello en el pubis. Calor. Y Humedad. Lo quieres para ti. Solo para ti. Mientras dure.

Ewa se acabó. Pronto. Terminó su beca. Marchó. Para no volver. Se desvaneció. Así debía ser.

Me quedé solo. Y aquí estoy. Solo. Echando la vista atrás.

Otros siguieron su camino. Se fueron. Vinieron y se fueron. Yo solo. Ellos en compañía.

Entonces había garitos. Yo tengo el mío. Había peludos. Crestas. Metal. Cerveza. Tachas. Sangre. Chalecos. Parches. Pantalones a cuadros. Putas en El Carmen. Cinturones de balas. Aros. Muñequeras. Añillos. Calaveras. Eddie. *We're not gonna take it, anymore.*

Menores de dieciocho. Aun. Eran excepciones.

Era curiosa. Ewa.

"Juanma es el bajito. Regordete. Pelo liso. A lo quinqui. A lo cutre. Vaqueros azules. Chupa de cuero. Camiseta. Un aro en cada oreja. Quiosquero. Y de Patricia. No le va mal.

Le gusta la cerveza. El patxarán. Whisky con cola. Los bocadillos de tortilla de patatas. Las chicas bajitas. Con sobrepeso."

Vive con Raquel. Hace años. Muchos años. No recuerdo cuantos. Es ya familia.

"El quiosco es de su vieja. De su madre.

José es el alto. Pelo rizado. Se lo rapa. A menudo. Vaqueros azules. Chupa de cuero. Camiseta. Pantalón de pana. Camisas. Polos. Colorido. Estudia.

Le gusta la cerveza. El patxarán. Whisky con cola. Los bocadillos de tortilla de patatas. Las chicas muy altas. Muy delgadas."

Almudena es alta. Altísima. Delgadísima.

"Paco es el otro. Vino con Sara. Su chica. De siempre.

Le gusta la cerveza y el orujo seco. Whisky con limón. Los bocadillos de tortilla de patatas. Las chicas. Todas. Hasta que se tropezó con Sara. De nuevo. Todo muy romántico"

- ¿Qué es quinqui a lo cutre?

- *Na*, cosas mías.

Sara es idiota.

05 Libre o enfermo

Deja que de un trago. Deja que me regodee. Deja que paladee. El Macallan.

Cierro los ojos. Veo su cintura. Su trasero. Aquel culo. Duro. Allí arriba. Al final de aquellas piernas. Largas. Muy largas. Interminables. Pienso en sus piernas. Y en su culo. Cuando tengo hipo. Cierro los ojos. Veo su culo. Sus piernas. Y su maravilloso culo duro.

Nunca supe a qué vino. Sí sé lo que se llevó. A mí. Mi cuerpo. Mi esperma.

- Hola.

- Vaya ¿Qué te pongo?

- Vodka limón.

Las niñas bien bebían vodka limón. Las niñas bien de la Alameda también. Las de Cánovas. Las de Colón.

Me gustan altas. Era alta. Muy alta. Ciento ochenta y siete. Más alta que yo. Rubia. Pelo liso. Y el mejor culo del mundo.

Del colegio. De clase. De algunos años atrás. ¿Pasó a verme? ¿Fue casualidad? Detalles.

El antro volvió la cabeza. Literalmente. Cuando ella entró. No pude resistirme. *Hot legs, you can scream and shout.* No lo hago. Casi nunca. Aquella vez sí. Nunca la deseé. Nunca creí poder. No es mi liga. Pensaba.

Babas.

Charlamos. Entre copa y canción. No mucho. Ya no éramos niños. Ni compañeros. Éramos dos. Solo conocidos. Dos extraños. Separados los caminos. Tiempo atrás. Meses atrás. Dos conocidos. En un antro. Lleno de babas. Vacío de charla. Sin nada que compartir.

No era mi guerra. Así que se fue.

Se fue y volvió. Al día siguiente. No me importó. No tenía importancia. No se la di. Otro cliente satisfecho. Otro cliente respetado. Respetado por el vodka veneno. Respetado por la resaca.

Las tetas en la barra. Sus labios en mis comisuras. Dos besos. Su mano. Mi cuello.

Cantó. Brindamos. Salí de la barra. Y bailé. *Riot in cell block number nine.* Sobre la barra. Meneando el culo. Pensado en el suyo.

Cerramos. Hablamos. Me acarició. Me tocó. Apoyó su cabeza en mi hombro.

No hubo que pensar. Actuar. Hora de actuar.

Mis manos en su cintura. Sin inocencia. No me beses con dulzor. Hazlo con lascivia. Mucha. Sucia. Erótica lascivia.

Mordió mi labio. Mordí su lengua. Me apreté a ella. Y ella a mí.

Cogimos un taxi. A su casa.

Balbuceó la dirección.

Mis manos en su cintura. Su cabeza en mis hombros. Sus dientes en mi oreja. Resoplaba. Su calor. Nuestro beso. Lascivo. Erótico. Puse la mano en su coño. Quería saber cómo estaba.

Estaba empapada.

Entré tras ella. Al portal. Ascensor. Caricias. Besos. Magreo.

Puso la llave. Falló. Repitió. Acertó. Entre tras ella. En su casa.

La empuje a contra la pared. Su cabeza de lado. Su mejilla contra la pintura. Mi lengua subiendo. Por su cara. Por su mejilla.

Sus palmas contra la pared. Mis manos sobre las suyas. Mis dedos entre los suyos.

Contra la pared su cuerpo. Sobre ella el mío. Replicando su pose. Dejándome mí peso. Respirando al compás. Sacando su lengua. Buscándome. Encontrándonos.

Desabrochando mi pantalón. Con premura. Bajando los suyos. Ido. Su culo en mi cara. Duro.

Un cachete. Un grito. Un mordisco.

Mis dedos entre sus cachetes. Bajando. Palpando. Mojando. Penetrándola.

Estaba empapada.

Y yo duro. Muy duro. Asomaba mi erección. Me desprendí de la ropa. Como pude.

Subí camiseta. Arañé su espalda. Bajé por sus costados. Mis manos en sus caderas. La inclinan. La atraen. Mi sexo entre sus piernas. Junto al suyo.

Mi sexo entre sus labios. Mi sexo y su sonrisa. Vertical. Entrando.

- Quieta.

Asintió. Me quedé quieto. Inmóvil. Sintiendo. Disfrutando. Sus manos contra la pared. Las mías en sus caderas. Mi sexo en el suyo. Mis ojos cerrados. Congratulándome.

Me estaba follando a la ballena blanca. Al doce sobre diez. Montando el mejor caballo.

Era una yegua La mejor yegua. Sin tonterías. Directa. Toda una mujer. *Whole lotta a woman. Whole lotta a woman. Whole lotta Rosie.* Con los kilos justos. Y todo en su sitio.

Deja que beba un trago. Me masturbo con ese polvo. Todavía.

No duró mucho. El silencio. La quietud tampoco.

Se movía. Arriba y abajo. Primero. En círculos. Después.

Doblé las rodillas. Me eché para atrás. Entré en ella. Todo lo que pude. Desabroché su sostén. Agarré sus pechos. Estiré sus pezones. Se clavó más. Se dejó caer. En mí. Sobre mí.

Me devolvió los golpes. Los empujones. Subía y bajaba. Con fuerza. Con ímpetu. Me empujé con su trasero. Me hizo recular. Me apoye en la pared.

La entrada a su casa era estrecha. Un pasillo.

Yo apoyado. Rodillas flexionadas. Espalda recta. Ojos cerrados. Apretando sus caderas. Clavando mis uñas.

Ella empujando. Sus manos en la pared. Mis manos en sus pechos. En sus pechos y en sus caderas. Cambiando. Con cada movimiento.

Olía a sexo. A sudor. El aire denso. Cargado. Espeso. Pesado.

Era Mayo. Bien entrado. Hacía calor.

Su espalda sabía salada.

Sus movimientos eran bruscos. Cada vez más. Cada vez más rápido. Más espeso. Más pesado. No gritaba. No gemía. Su respiración se oía en el tercero. Vivía en el primero.

Estaba agotado. Y excitado. Y bebido. Y era joven. Era la hora.

- No aguanto más.

- No te corras dentro, cabrón.

Me vino justo. Esperma en su espalda. Cayendo. Entre sus nalgas.

Me oyeron en el quinto. Vivía en el primero.

Abrí la boca. Tomé aire. Estaba exhausto. Acabado. Finiquitado.

Ella no. Estaba a medias.

Caí al suelo. Me quedé sentado. Piernas dobladas. Brazos caídos. Se sentó a mi lado. Se puso cómoda. Apoyó la cabeza. En mi hombro.

- ¿Estás bien?

- En la gloria. Muerto. Y en la gloria. Dame un minuto.

- No te preocupes.

- Dame un minuto.

Me beso. Respiré en su boca. No fui capaz. De besarla.

Estaba sin resuello. Estuve sin resuello más de un minuto. Varios minutos más. Acarició mi pelo. Todo el tiempo. Su cabeza en mi hombro. Sus dedos entre mis cabellos.

Me recuperé. Amparo merecía la pena. Rosie se llamaba Amparo. Todas las mujeres se llaman Amparo. Amparo me exprimió. Merecía que la oyeran. En el octavo.

La besé. Ahora sí. Me lengua hablaba. *Hey mamma, said the way you move, gon'make you sweat, gon'make you groove.* Manos. Vientre. Pubis. Sexo. Tenía poco bello. Oscuro. Suave. Ligero. Seguía empapada.

Acaricié sus ingles. Unos minutos. Despacio. Su mano sobre la mía. Mi mano sobre su sexo. Guiando. Ella. Dibujando. Yo. El corazón dibujando. Mis yemas dibujando.

Círculos y más círculos. Mis dedos frotando su clítoris. También dentro. Estaba empapada. Chupé mis dedos. Los dedos mojados.

Primero el corazón. Luego el índice. Después un gemido. Por fin. Y otro. Y otro.

Ya no era su aliento. Era su grito. Por fin. Y otro. Y otro. Y otro. Más alto. Más rápido. Vamos nena. Vamos.

Me apretó la mano. Al cabo. Dos dedos suyos. Y dos míos. En su seno. Dentro. Apretando.

La oyeron en el noveno. Nueve plantas había. Solo. Grito. Me clavó las uñas. Me mordió el cuello. Ahogo su grito. En mi cuello. Entre dientes.

Quise besarla. Sus ojos en blanco. Sin aliento. Exhausta. Empate.

Sonreí.

Se pocas cosas. El agua moja. El cielo es azul. Y las cosas buenas hay que cuidarlas. No sé qué vio en mí. Ni cuando lo vio. Sé que la recuerdo. Desnuda. Vestida. La recuerdo enfadada. O divertida. Recuerdo sus polvos. Y sus mosqueos. Su risa. Su casa. Cada pliegue de su cuerpo. Cada lunar. Cada rizo de su pubis. Cada centímetro de sus cabellos. Y ese culo. Sublime. Enorme. No por grande. Si no por magnifico.

Todo eso lo sé ahora. Lo supe en el momento apoyó la cabeza en mi hombro. Al cerrar el bar. Supe que quería saber sus lunares. Sus luces. Sus sombras. Su humor al despertarse. El color de su ano. Y de sus braguitas. Quise conocer sus desayunos. Aprenderme los poros de su piel. Contar sus caries. Besar sus dedos.

Todo eso lo sabes. O no lo sabes. Lo tienes. O no. Es un momento en la vida. Un instante. Un parpadeo. Dejas de buscar. Sabes que hacer. Todo cambia. Todo tiene sentido.

Sonreí de nuevo. Ella respiraba. Recuperaba el aliento. Sus ojos tenían color. De nuevo. Se adormiló. O eso me pareció.

Supe que me iba a poner enfermo. O a pedir días libres. Más días libres. Algo más a menudo. Quería darle mi tiempo. Quería tener su cuerpo. Sus horas. Y su cuerpo.

Pudo haber sido la mujer de mi vida. Si es que eso existe.

06 Amparo

Es casi un cliché. Llamarse Amparo en Valencia.

Y medía ciento ochenta y seis centímetros. O mide. Seguirá viva.

Y estudiaba. Y era bella. Por dentro. Y por fuera. Una niña bien de la Alameda. Bebía vodka limón. Inteligente. Y lo sabía. Nadie es perfecto.

Con ella lo supe. Nunca más lo he vuelto a saber. Ya no he tenido esa certeza.

El verano. Los sudores. Los cubatas de mierda. A precio de mierda de oro. Pedí un par de días. Nos veíamos entre semana. Ya hacía calor. Ya no venía nadie. A sudar. O casi. Al Instinto

Era lista. Muy inteligente. Y lista. Tenía tiempo. Se organizaba. Nos veíamos. A menudo. Dos veces por semana. O tres. O cuatro. Volvía paseando a casa. Los lunes. Los martes. De madrugada. Blasco Ibáñez dirección este. Bajando por Artes Gráficas. Avenida Suecia. Mestalla. Por los jardines.

Aquí se vende luz. Y sol. Valencia desierta. De madrugada. En el río. En Blasco Ibáñez. Esa es mi Valencia. La que no se vende. La que nos quedamos.

Follábamos. En su casa solos. En su portal. En el entresuelo. En todas partes. Nos descubrimos. Experimentamos. Veíamos porno. Practicábamos. Le compré unas bolas chinas.

Salimos un día. En junio. Pedí libre. O estaba enfermo. Se puso minifalda. Tableada. A cuadros. Negros y blancos. Calcetines blancos. Altos. Camisa Blanca. Braguitas blancas. Y las bolas chinas.

El pelo suelto. Fuimos a Descaro. Estaba lleno. Aún.

Cerveza y vodka limón. Muy apretados. Mucha gente. Mucho calor. Se ceñía a mí. Bailaba. La miraban. Todos.

Babas.

Estaba a cien. Yo lo sabía. Ella lo sabía. Quizá alguien más. Eso lo sabíamos. Eso nos ponía. A cien. A mil.

Terminó el cubata. Me besó. Terminé mi cerveza. La tercera. Me puso la mano en mi bulto. Estábamos apretados. Muy juntos. Sin espacio. Su cabeza junto a la mía. Mi boca en su oreja. Mi mano en su trasero. Bajo la falda. Que importa. Nadie nos veía. Era una lata de sardinas. Cocidas.

- Voy al aseo.

- Quítate las bragas y tráemelas.

Sus ojos iluminaron la sala. Brillaron. Chispeantes. Se mordió el labio. Y se fue. Tardó media vida. Pero volvió. Me cogió la mano. Puso algo en ella. Sus bragas.

Las metí en mi bolsillo. Se apretó a mí. Me apoyé en la barra. Pedí una cerveza. Mi mano en su trasero. Bajo su falda. Sin tela. Su piel. Tersa. Mis dedos. Su ano. Me recosté en la barra. Bebí. Note un hilo. Sentí calor. Humedad. Su cabeza en mis hombros. Mordió mi cuello. Lo lamió. Mojé mis dedos. Estábamos solos. Entre las sardinas. Cocidos. Asados. Ardiendo. En llamas.

Apuré la cerveza. Salimos a la calle. Respiré hondo. Pensé. Un momento. Solo un momento. Mi casa estaba cerca. Allí fuimos.

Metía las manos entre sus nalgas. Por el camino.

Nos besamos. Nos sentamos en un banco. En un parque. Apartado. Me desabrochó el pantalón. Saltó. Como un resorte. Acarició mis testículos. La besó. La lamió. La chupó. Empinó el culo. Le saqué las bolas. Me clavó los dientes. La penetraba desde atrás. Con mis dedos. Ella chupaba. Subía y bajaba. Me exprimía. Apretaba. El mundo se detuvo.

Levanté las caderas. Entré en su ano. Con mi anular. Eyaculé en su boca. Resoplé. Escupió. Siguió acariciándome. Siguió acariciándose. Diez minutos. Quince. Media vida. Hasta que lo consiguió. Me puso en forma. Se sentó a horcajadas. Se dejó llevar.

Me tomó. Me cosificó. Me hizo objeto. Y se dejó llevar. Me folló en el parque. Alcancé a correrme de nuevo. Mientras ella lo hacía.

Su orgasmo fue eterno. Convulso. Febril.

Demasiado tiempo excitada. Demasiada tensión.

Se privó. Un peso muerto sobre mí.

Acaricié su pelo. Mi sexo derrotado. Salió del suyo. Diez minutos. O quince. Volvió conmigo. Me dio un besito. Casi sin tocarme. Sentí su aliento. Y su sonrisa.

- Esto tenemos que repetirlo.

Íbamos a mi casa. Fuimos a la suya. La dejé en el portal. Sonriente. Sonriendo yo. Me fui a mi casa. Acabé en el bar. Celebrándolo. Disfrutando.

Era estupenda. Yo mediocre. No funcionó. Por eso

Era una niña bien. Yo era un *gualtrapa. Un currela, un tiradete, un chaval, un fracasado.* Sin virtudes. Con oído. Con música. Con alcohol. Con amigos camellos. De un antro. Lleno de *antrosos.*

Ella tenía ambiciones. *Yo tenía un novio que tocaba en un conjunto beat.*

Ella era *sexy en la piscina, en la comisaria. Sexy en la oficina.* Era s*exy todo el día.*

Yo solo un animal. Un animal caliente. Con una lengua. Violentándome.

Nunca conseguí merecerla. La tuve. Se fue. Voló.

Jamás he podido olvidarla. Por más sorbos que le dé.

Al Macallan.

07 Noche

Las estrellas brillan. De día. De noche. El sol brilla. De día. Solo. Oculta las estrellas.

La noche es oscura. Siempre. El día es luminoso. O gris. O pasado por agua. Nubes y claros.

La noche no miente. El día sí.

Tus pensamientos te acechan. Por la noche. El día los esconde. De noche no puedes callarlos. A veces bebes. Los ahogas. O tratas. Ahí están. Hoy mañana. Pasado. El año que viene.

El día los ciega. La luz los matiza. La noche los trae. Recurrentes. Una y otra vez. A tu almohada. A tu cama. A tu mente. No te dejan follar con tu mujer. Ni con tu marido. Retumban. En el silencio. Entre las orejas.

Cuatro chavales pasan. Bajo tu ventana. Rompen el silencio. Callan las voces. Un instante. Dos frases sueltas. Y vuelven. Tus pensamientos. Perturban tu sueño. Vigilia. Así un día. Y otro. Y otro. Hasta que no quede café. Y te venza el sueño. Por fin.

La noche no miente. Está llena de mentirosos.

El día es mentira. Y está lleno de mentirosos.

El ruido de tu voz. Tu cerebro ocupado. Levanta. Abrígate. Ponte zapatillas. O zapatos cómodos. O ve descalzo. Y sales a la calle. Tomas Blasco Ibáñez. Hacia viveros. Frente a las universidades. Luego al río. En la oscuridad. En la falsedad.

La del neón. La del alumbrado público. Mentira como el sol. Como su luz. Que pretende dejarte ver. Solo lo ciega todo.

Es entonces. Todo suena claro. Las ideas hilvanadas. Los pensamientos tienen sentido. El cuerpo vertical. Primero un pie. Luego el otro. Caminas. Vagas. Ordenas. Primero una frase. Luego otra. Cansados los pies. Descansa la mente.

Las vueltas en la cama no tienen sentido. La luna lo alumbra. El sentido nace.

Nos jugó una mala pasada. Vivir de día. Al ritmo del sol. Es la noche la que te permite ver. Es de noche cuando cierras los ojos. Y te escuchas. Y hay silencio. Y puedes oírte. Escuchar tus pensamientos. Que no te dejan follar con tu pareja.

Escuchar de noche. Música. Tus pensamientos. Cerrando los ojos. Andando. Sintiendo el rocío. Pasando el puente de Aragón. O el de Madera. Depende. Siguiendo el curso del río. Del río sin agua.

La noche es fresca. El día abrasa. *Quemando tus recuerdos.*

Es el fin del mundo (tal y como lo conocemos) La tecnología. Los IPODs. Los IPADs. Google. Apple. The Rolling Stones. Que pronto morirán. ¿Qué viene después? Pagar el IBI. Elecciones. Erecciones. Aquella de anoche. De domingo a miércoles. El jueves a trabajar. De noche.

Poner música. Como el sol. Ocultar los pensamientos. Ahogarlos en ruido. Esconderlos en alcohol. Ese es mi trabajo.

Ayudarte a olvidar. Brevemente. Unas horas. Tus putos problemas.

Tú pides. Yo sirvo. O no. El poder que la barra me otorga. Que me da la cabina.

Paseo y pienso. Cuando no duermo. Y voy andando. Aquí y allá. Así me escucho. Me oigo. Cuando el sol me deja. Algunos muertos me hablan. Me cantan. Me suenan.

Así caminando, pergeño. Donde van mis pies. Donde va mi vida. Y giro. Y cambio el sentido. Y voy contracorriente. A veces. Decidí escuchar. Y escucho. Me escucho. Decido.

Volvía así de casa de Amparo. De casa de Lourdes. Y de María. Del bar. De la playa. Y pude pensar. Llegar hasta aquí. A dónde estoy ahora. Tomando una copa. Contándote mi camino. Parte de él.

Mi camino. De noche. A oscuras. Solo. Con mis pensamientos. Mis errores.

No hay magia. Solo estrellas. Luna. Jardines. Y esas putas farolas de luz amarilla.

Todo cambia. Todo sigue. Primero vinilos. Ahora un Mac. Descargas. La SGAE. La red. El porno. El módem. El ADSL. Las megas. Las gigas. Los teras. Ceros y unos.

En el principio creó Dios el cielo y la tierra. Entonces dijo: Sea la luz. Y hubo luz. Y alguien dijo: Sea el sonido. Y hubo sonido. Y Bon Scott dijo: Sea el Rock and Roll. Y hubo un video. Un poco cutre. Muy gracioso. Y hubo vinilos. Y cedés. Y el emepetrés. Y mula. Y torrent.

En esto pienso. En todo esto. En el fin del mundo. Mientras ando. No encendimos el fuego. Ya ardía antes. Y seguirá ardiendo. Después. En la perversión de la música enlatada. En las latas. En los distintos envases. Y en el día que más he llorado en mi vida.

No murió nadie. Nadie que conozca. Fue en Sevilla. Un día del orgullo gay. Viendo a AC/DC. En directo. De noche.

Amparo se fue. Con el otoño. Disfruté sus bikinis. Su piel morena. Su pelo mojado. El olor a salitre. Y me dejó. Hizo bien.

Otras se fueron. Llegaron y se fueron. Al terminar. A la mañana siguiente. Después de desayunar. Todas se fueron.

La más persistente se llamaba rutina. Iba y venía. Y se quedaba un tiempo. Demasiado.

Y fui conociendo el poder. Y fui modelándolo. Y sacando partido.

Tomaba un café. A veces. Antes de trabajar. En The Nederlands. Frente a la gasolinera. Lo servía el jefe. O Marta. Pequeñita. Pizpireta. A veces reparaba en ella. A veces no. Ya sabes, pasa cuando quieras. Algún día te tomo la palabra. Algún día lo hizo. Y tomaba ron cola.

No fue en el bar. No se quedaba mucho. Cumplía. Bebía. Marchaba.

Fue en la Roxy. En San Vicente. Tarde. Una copa antes del cierre. Eran cinco. Marta y cuatro más. Cinco mujeres. No las recuerdo bien. Solo a Marta. Y a su hermana. Luisa. Se parecían. Pequeñitas. Pizpiretas. Luisa era un poco más alta. Y pecosa. No mucho.

Me acerqué. Con un ron cola. Con una cerveza. Y saludé.

Le di el ron. Sonrió. Dos besos. Charla insulsa. De sábado noche. A las cinco y media. A una copa del cierre. O dos. Si bebes rápido. Me presentó a Luisa. Me agarró de la cintura. Luisa. Me dio dos besos. Charlamos. Fui al baño.

Salí hacia la pista. Luisa estaba en la cola. No se lo pensó. Me besó. Fue a por mí.

Fui con el grupo. Estaba Marta y sus amigas. Y Juanma. Vino conmigo. Pedí otra cerveza. Llegó Luisa. Se puso a bailar. Conmigo. Cerca. Muy cerca. Pegada.

Casi me tira la birra. Le di un cachete. Una nalgada. Así lo llaman ahora.

Agarré su cintura. Puse su culo contra mi pelvis. Y la dejé bailar. Mientras apuraba mi cerveza.

Juanma y Marta charlaban. Se reían. Supongo. Sus amigas también. Era la hora. *Llegó el final, cesó el clamor, la magia se desvaneció.* Sus ojos miraban perdidos. Su trasero contra mí. Sin girarse buscó mi boca.

Una despedida. Un arrumaco. Un besuqueo. Largo. Vayan saliendo.

Di un trago al vaso vacío. Salí. Juanma esperaba fuera. Echamos a andar. La luz asomando. El día mentiroso. Llegando. No pensaba en Luisa. Me tocó la espalada. O eso creía. Era Marta.

- ¿Compartimos taxi?

Yo llevaba las cuatro mil. Menos las copas. Juanma nada. Lo miré. Se encogió de hombros. Asentimos. Vivían cerca. Compartían piso. Ambas trabajaban. Eran de Teruel. Tenían el pecho pequeño. Las dos.

Cogimos uno. Un taxi, digo. En la esquina. Casi en el túnel. En la Gran Vía. Juanma fue delante. No era tan obvio. Luisa se abrazó. Yo estaba cansado. No soy un caballero. Aquel día tampoco. Disimulé.

No podía escapar.

Bajamos en Clariano. A cinco minutos. Todos. De casa. Pagué. Pedí dinero. A escote. Puse lo de Juanma.

Estaba cogiendo la mano de Luisa. *No sé bien por qué. No sé muy bien por qué.* Pero la tenía. Sus dedos entrelazados. Marta sonreía.

No hubo beso de despedida. Tiró de mí. Hacia su casa. Marta sonreía por fuera. Se descojonaba por dentro. Lo intuía entonces. Me lo confesó. Un tiempo después. Un día. Con un café. En The Nederlands. Antes de currar.

Subimos los tres. En el ascensor. Me sentía ridículo. Absolutamente ridículo. Luisa miraba al techo. Cogidos de la mano.

Abrió Marta. Me dio un beso. Se fue a la cama. Partiéndose de risa. Ahora lo sé.

Luisa tiró de mí. Hacia su habitación. Compartían piso. Las dos. Me tiró sobre la cama. De un empujón. Todo dio vueltas. Por un instante.

- Necesito ir al baño.

- La puerta de al lado.

Entré. Le di al grifo. Necesitaba agua. Refrescarme. Eran las siete. Más o menos. Estaba cansado. Mareado. Beodo. Me puse bajo el agua. El agua corría. Sobre mi nuca. Por mi pelo. Sobre mi camisa. Por el suelo.

Me levanté. El agua corría. Caía. Sonaba. Incitante. Me provocó. Bajé la bragueta. Comencé a mear.

Aún no había terminado. Entró Luisa. En ropa interior. Blanca. Seguí meando. Puso su mano en la mía. En la que apuntaba. Me hizo mear fuera. Soltó una risotada.

- Mi hermana me mata.

Terminé. Me estaba sacudiendo. Me cogió. Apretó mis testículos. Los sopesó. Puso un dedo bajo. En el perineo. Rascó. Rascó. Y rascó. Mi pene reaccionó. Acarició un poco más. Bajo la tapa. Se sentó en el inodoro. Me la sacudió en la pila. Y la besó. Puso su lengua en el perineo. La movió. Por mis testículos. Apretó con un dedo. En mi ano. La lamió de abajo arriba. Se levantó. Y me llevó a la cama. Como un pingüino. Tirando de mi polla.

Descojonada.

Me empujo. De nuevo. Sobre la cama. Sacó un condón. De la mesilla. Supongo.

Me puso el condón. Con la boca. Después de meter un dedo. En mi culo. Antes lamió. Un par de veces. Estaba cansado. Me iba abajo. Se apartó la ropa. Las bragas. Se subió sobre mí. Clavando las uñas en mis hombros. Rojas. Color sangre. Mi sangre.

Saltaba violenta. Se quitó el sostén. Sus pechos saltaban. Pequeños. Rápido.

Cuando me clavó las uñas no reaccioné. Estaba cansado.

Cuando lo repitió, desperté.

Giré bruscamente. La tumbé. Arranqué sus bragas. Las tiré al suelo. Rotas.

Me quité el pantalón. Los zapatos. La ropa.

Sonreía. Viciosa. Chupándose el índice. Mi sangre.

Vino hacia mí. Felina. La agarré. La tire. Sobre la cama. Le di una bofetada. Sonrió. Lamió su índice. El otro. Volvió. Felina. Le di otra bofetada. Quedó inmóvil.

La empuje. Boca arriba. Escupí en su vulva. La besé. Puse sus piernas sobre mis hombros. Mis manos en sus muñecas. Inmovilizándola. Le miré a los ojos. Estaban rojos. Como mis hombros. Hundí mi polla en su coño. Me dejé caer. Mi peso sobre ella. Todo mi peso. Sobre aquella chica. Pequeñita. Pizpireta. De Teruel. Un poco más alta que su hermana.

Sacó la lengua. Saqué la lengua. Las acercamos. Nos besamos. Así. Con sus piernas entre los dos.

- Vamos cabrón.

Me levanté. Mi pene en su vulva. Mi glande en la entrada. Casi fuera. En el quicio. Y me dejé caer. Sacó la lengua. De nuevo. Saqué la lengua. Y la besé. De nuevo.

Repetí. Y repetí.

Sonaba un chasquido. En cada envite. En cada embestida. Un chasquido líquido. Cada vez más líquido.

Repetí. Y volví a repetir.

Y nuestras bocas se juntaron. Y se unieron. Así quedaron. Unidos por la boca. Unidos por el sexo.

Y repetí otra vez. Y me excité de verdad. Y aceleré. Y ya no estaba. El cansancio. Solo los dos. Con los dos besos. Nuestras lenguas. Nuestros sexos.

Y volvía. El cansancio. Y quise terminar. Y gemí. Y dejé sus manos libres. Y me pegó. Y la golpeé. Con mi pelvis. En su pelvis. Rápidamente. Gimiendo. Una vez. Y otra. Y otra. Y otra. Hasta el final.

Enrollada estaba. Sus piernas en mis hombros. La doblé. Me eché sobre ella. Saqué mi polla de su coño. Me quité el condón. Como pude. Derramé mi semen. Sobre ella. Sobre sus pechos pequeños. Sobre su vientre. Sobre su cara. Sobre el escaso vello. Sobre las sábanas.

Caí a un lado. Y me dormí. Me dio un bofetón.

- Mañana. Hija de puta.

Y seguí durmiendo.

09 Despertando

Me levanté temprano. Más de lo habitual. Tenía calor. No podía dormir. No me acostumbro a la compañía. A dormir acompañado.

Marta hacía café. Como en el bar.

- ¿Te preparo uno?

- Me ducho y me voy.

Entré en el baño. Me desnudé. Me metí en la ducha. Quería despejarme. Despejarme y desaparecer. Los párpados pegados. La ropa sobre la pila. No me di cuenta. Luisa entró. Se metió en la ducha. Me dio dos cachetes. Suaves.

Desperté. Me dolían los hombros.

Desperté. Y me chupó los labios.

Me divierten las duchas. Son pequeñas. Estrechas. El sitio justo. Apretados. Bajo el agua. Cuerpos que se rozan. Yo medio en trance. Luisa sonrió. Serena. Distinta. Feliz. Complaciente. Perturbadora. Enjabonándome el pelo. Besando mis hombros. Mis heridas. Hablando. No podía entenderlo. El agua.

Pegando sus pechos en mi espalda. Besando mi nuca. Enjabonando mi pecho.

Salí de mi trance. Poco a poco. Luisa animada. Sonriente. Sus manos también. Enjabonando mi vientre. Mi pecho. Desde atrás. Pegada a mí. El agua no pasaba entre los dos.

Consiguió hacerme hablar. Estaba animada. Escuché. Y charlé.

- ¿No vas a limpiarme todo?

- Estás hecho un pícaro malandrín.

No se hizo de rogar. Atenta. Dispuesta. Sonreí yo entonces. Perturbado. Sus dedos enjabonando mi sexo. Y mis testículos. Los masajeaba. A conciencia. Despacio. Creo que desperté. Completamente. Totalmente despierto. Tenía una erección. Al cabo de poco. Unos segundos. Una erección casi dolorosa.

- ¡Uy! Mira cómo te he puesto.

¿Quién es? ¿Dónde está Luisa? No queda nada. Anoche ha desaparecido.

Me masturbo. Poco a poco. Delicadamente. Muy despacio.

- ¿Quién es la pícara malandrina ahora?

Agachada. Su boca en mis nalgas. La sentía. Me besó los cachetes. Ambos. Una mano entre ellos. Agarrando mis testículos. Acariciando el perineo. Sin dejar de masturbarme. Hasta gemir. Yo. Extirpándome el gemido.

- Sigue.

Acarició mi ano. Mis testículos. Su mano subía y bajaba. Recorriendo mi erección. Ganado velocidad. Mordió mis nalgas. Me hizo gritar. Aquí está. Volvió. Luisa.

Todo pasa. Todo llega. Mi orgasmo también. Entre dientes.

- Nena, voy a correrme.

Se giró. Frente a mí. Apretó mis gónadas. Moviendo la mano. Rápido. Muy rápido. Fingiendo. Posando. Con cara de vicio. De *porn star.* Hasta eyacular. En su cara, En su cuerpo. Como la noche anterior. Y me dio la risa. Me dio la risa floja.

Con tanta pose. Con una pose fingida. "Oh, sí nene dámelo todo, como me pones." Estalló ella. Una carcajada.

Reímos. Todo parecía falso. Ficticio. Reímos juntos. Un rato. Se puso bajo el agua. Limpió todo mi semen. La ayudé. La dejé limpia. Cruzamos nuestras lenguas. Después. Un beso lascivo. Agarré sus cachas mojadas. Las abrí. Con una mano. Con la otra exploraba. Entre sus piernas. Buscando el ojete. Para acariciarlo.

Lo encontré. Y lo acaricié. Su lengua se movía. Asintiendo, tal vez. En mi boca. Casi me ahoga. Dándome la espalda. Reía. Totalmente despierto. Por fin ya. También. Quizá me tocaba mí. Enjabonarla. Por la noche anterior. Por el día que empezaba. No quería ir. Y estaba feliz. Por haber ido. Por quedarme. Feliz y perturbado.

¿Qué cara era real?

No tengo paciencia. No soy un caballero. No terminé con el jabón. Mejor sus pezones. Entre los dedos. Pellizcándolos. Duros. Sobresaliendo. De sus pechos pequeños. Estiré. Apreté. Sus gemidos me guiaban.

- Me estas poniendo mala.

El agua cayendo. Entre su cuerpo y el mío. Por nuestras lenguas. Se cruzaron. Se buscaron. Pelearon. Como dos espadachines. Sus pechos pegados a mí. Acaricié su espalda. Sus nalgas. Una mano subía y bajaba. Por su espina dorsal. Hasta su culo. Pasé un dedo. Por sus costados. Por sus brazos. Entre tus cachetes. En la rabadilla. Se estremeció. Con mis caricias. Aun bajo la ducha. Sus pelos de punta. Podía notarlos.

Concentrado en su ano. La empujé hacia mí. Mis dedos en él. Un poco más dentro. Lamió mi lóbulo. Y mi cuello. En señal de resistencia. O de complacencia. No lo sé. Eran mis pelos entonces. Los que estaban de punta. Solo los pelos. Mi sexo estaba fofo. El esfuerzo anterior.

- Deja que me lave yo también.

Me dejó al margen. Se enjabonó. Se aclaró. Y yo no existía. Me apoyé en la pared. Disfruté de las vistas. Divertido. Seguía allí. Y se dio cuenta. Me sonrió. Francamente. No... Pícaramente. Mientras se lavaba, fingiendo. Acariciándose. La *porn star*. Se pellizcó los pechos. Gemía. Posaba. Nos reímos. A cada momento. En cada pose. En cada gemido.

El agua caliente. El juego divertido. Excitante a la vez. Se palpaba. Se sentía. Sus pechos hinchados eran la prueba.

Es divertido ducharse con una *porn star*. Por más que fingiera.

Bajó sus caricias. Entre sus ingles. Entre sus muslos. Una mano agarró un pecho. Otra simulando masturbarse. O no. No dejó de hacerlo. Por unos segundos. Interminables. Volví al trance. Al sexual. Estaba despierto. Mis sentidos también. Activo de nuevo. Mi mano sobre la suya. Masturbándola juntos. Los dos.

Una mano en un pecho. Jabón en el otro. Lo aparté. Lo limpié. Lo succioné. Una mano sobre la suya. Sobre su pecho. Una mano sobre la suya. Por entre sus piernas. Un mordisco en el pezón. Mordí. Se quejó. Agachado tras ella. Buscando su mano. Entre sus muslos. Abriendo su coñito. Con sus dedos. Con los míos. Desde atrás. Alcanzando su clítoris. Gritando. Cada vez que presionaba. Gritando. Cada vez que apretaba su clítoris. Apoyada en la pared. Escarbando en su conejito mojado. Por el agua. Por su excitación. Por mis caricias. Y por las suyas. Nada fingidas ya.

Peleando por su clítoris. Sus dedos. Los míos. La dejé hacer. Agachado. Tras ella. Abrí sus nalgas. Miré su ano. Lo acercó a mí. Lo lamí. Estaba limpio. Jabonoso. Lo lamí mientras se masturbaba. Mientras caía el agua. Entre su cuerpo y el mío. Lamiendo. Una y otra vez. El agua caía. Y casi me ahogo. Entre su carne. En mi beso. Mi pene de nuevo tieso.

No paró de gemir. Mis besos en su vulva. Sus dedos en su clítoris. Mi lengua dentro. Agachándose. Venía a mí.

- Cielo sal de ahí y acábame con la lengua...

No lo repitió. Abrí sus piernas. Mi lengua encontró tu sexo. Limpio. Recortado. Cuidado. Delicioso en la ducha. Se abrió ella. Con dos dedos. Índice y corazón. Victoria invertida. En los labios de su vagina. Su sexo. Mi lengua esforzada. Buscó y buscó. Hondo. Todo lo hondo que pudo. Por apretar más su clítoris. Por rozarlo con más fuerza. A más velocidad. Su pierna izquierda sobre mi hombro.

Tuvo que sujetarse. Con las dos manos. Suerte de mampara. Solo yo en aquel momento. Libando sus flujos. Una mezcla de agua, jabón y mujer. Mordí su carne. La estiré. La presioné. Sus caderas al compás de mis labios. No dijo más. Nada más. Una suerte de sonidos guturales. Su placer. Un ruido amorfo. Llegó su momento. Iba a correrse. Me afané. Un alarido. Largo. Intenso. Estomacal. Y terminó. En mi boca. En un suspiro de cansancio.

Me aparté de ella. Me abrazó. Cuando recuperó el aliento. Mi pene erecto entre nuestros cuerpos. El agua caía. Con dos movimientos logró que terminara. Asé estaba yo.

Marta estaba muerta de risa. Tomando café. Yo desayuno fuerte. Café fuerte. Marta lo hacía americano. Me vestí rápido. Dije adiós. Y me fui.

10 Seguir adelante

Marta me lo contó. Fue con Luisa. Al Instinto. Juntas. Y allí pasó. Como siempre.

Por eso me buscó. Y me enseñó sus dos caras.

Bebida, violenta. Sado maso. O casi. Serena sonriente. Casi infantil. La *porn star*. Teen.

Me contó lo que se rio. De nosotros. A gusto. Aquel día. Y tantos otros.

Alquilé una habitación. Al poco. En Concha Espina. Cerca de Yecla. De la calle. Y me ofrecieron alguna sesión. Suelta. Mejor pagadas. Combinaba.

Era un edificio viejo. Puerta de hierro forjado. Mal pintado. Nunca supe si marrón. Rojo. Gris. Según la luz. El sol. Mintiendo de nuevo.

Veía a Luisa. Quedábamos. Me presentaba en su casa. Después de currar. O después del Roxy. A veces nos encontrábamos. A propósito. O no. Sabía dónde encontrarme. Y yo a ella. No venía a molestar. Tendría sus ligues. Supongo.

No soy un caballero. Pero soy discreto. Me iba con ella. Si venia al bar. O solo. (No mientas) No con otra. Nunca. Me gustaba follar con ella. Y no me gustan los problemas. Ni entonces. Ni hoy.

Eran las seis. Y dormía. Yo estaba pedo. Totalmente. Y cogía el teléfono. Y llamaba. Y respondía. Y me metía en su cama. Apestando a cerveza. O a güisqui. O ido por la *farlopa*. Nunca me dijo no. Siempre dispuesta.

Perdí el interés. Era demasiado fácil.

No teníamos mucho en común. Más allá del sexo.

Cenamos juntos. Tres o cuatro veces. En varios años. Veíamos la tele. Y al sexo. Nos encontrábamos. Y más sexo. Me presentaba en su casa. A las siete de la mañana. Con el sol fuera. Y solo había sexo. Y mal aliento.

No decía que no.

Le propuse un trio. Una noche. De fiesta. No se opuso. Buscó una chica. Pasó un rato. Un buen rato. Muy borracha. Como yo. En el Benavente. Consiguió un morreo. Con una chica. Borracha. Muy borracha. Más que nosotros. La convenció. Se la llevaron. A rastras. Sus amigos. Yo estoy bien. Yo controlo. Déjame. No controlaba. Ni ella. Ni nosotros. No recuerdo como llegué a casa. Solo que vomité al día siguiente.

Una vez dijo no. No, nunca me han dado por el culo. Dijo. No había probado el sexo anal. Más allá de mis dedos. Y algunos otros. Luego dijo sí. Le propuse probar. Y asintió. Hablamos de ello un par de noches. Y me lo dio. Me regaló su virginidad. Esa. Por no decir no.

En su casa. Marta no estaba. Quiso probar. Usamos aceite. De oliva. Y mis dedos. Y paciencia. Dilatando su ojete. Primero el índice. Luego el corazón. Luego los dos. Luego mi polla.

Me gusta el sexo anal. Me pierde. A veces. Me descontrola. No duró mucho. La primera vez. Me vacié rápido. La masturbé luego. Y dormimos abrazados.

No se quejó al día siguiente. Y repetimos. Probamos más veces. Repetíamos. Cuando yo quería. A veces iba bien.

Después de cenar. O ver la tele. A veces no tanto. A las seis. O las siete. Amaneciendo.

Pasaba el tiempo. Fin de siglo. Con Luisa. Con alguna otra. En el Instinto. En el Roxy. O en el Benavente.

Pagando facturas. Subiendo agua. En garrafas. De ocho litros. Al tercer piso. En Concha Espina. Cerca de Yecla. Y de Cardenal Benlloch. Trabajando. De jueves a sábado. Sin nómina. Ni contrato. Ni más talento que un oído. Que envejecía. Y se apagaba. Y se cansaba. Que está muy cansado. Hoy.

El tiempo. Se te echa encima. No te das cuenta. Yo tampoco. Y pasé del Instinto al Ye-Ye. Y al Valencia Rock. Y a otros. Mismos perros. Mismos collares. Mismos antros. Mismos camellos. Ya lo sabes. Es solo Rock and Roll. Y te gusta. Gañán.

Pagando más facturas. Otras facturas. Distintas. Internet. Las primeras. ADSL. Después. Todo llegó. El siglo acabó. Joey tenía razón. Compañeros de piso. Varios. Estudiantes. Chicos. Chicas. Por las calles. En la jungla. Policías. Siguiendo la manada.

Pasaban un tiempo. Terminaban sus estudios. Marchaban. Yo permanecía. En Concha Espina. Haciéndome viejo. El que ahora soy. Ese viejo. De mediana edad. Barrigón. Como tú.

Permanecí. Un hito. Un referente. Un maldito referente.

Crecí. De Dj a encargado. Más sueldo. Más trabajo. Más problemas. Más mujeres. Un mes. Y otro. No va más.

Un día no llamé. A Luisa. Ella no llamó. Nunca. No que recuerde. Apareció por el bar. Alguna vez. Nada más. Y se acabó.

Perdió el interés.

Sin reproches.

Compré una torre. Intel Pentium II. Diecisiete pulgadas. La pantalla. Enchufé la conexión. Puse la mula a cargar. El universo. Un universo nuevo. Pleno. De canciones. De cedés. De música. Para mis oídos.

Navegar. Encontrar. Descargar. Grabar.

Nueva rutina.

Dormía poco. Trabajaba de noche. Sin ataduras. Sin compromisos. Noches enteras. Descargando. Oyendo. Filtrando. Mejorando. Nuevas canciones. Viejos discos. Desconocidos. Ya no.

Anonimato. Charlas. A media luz. De madrugada. De música. De rock. De sexo.

Compañeros lejanos. Amigas transatlánticas. O de León. O de Mota del Cuerpo. Como Nicolás.

Yo no juzgaré. Yo no sé. No sé dónde estamos. Ni a dónde vamos. Que juzgue la Historia. No encendimos la llama. Pero la avivamos. En ello andamos. En echarle leña. Al fuego. Al de la Historia. La Historia de la humanidad.

Sé escuchar. Y leer. Nadie me ve. Tras la pantalla. Escuchando. Leyendo. Puntualizando. Solo. Nada más. Así lo aprendí. En la cabina.

Escucha. Y follas.

Así funcionaba también. Tras la pantalla. Te la machacas. O quedas. Y follas.

Repetí el camino. Sabido. Divertido. Jugando a ser tú. O él. Contando estas historias. U otras. Masturbándome solo. O en compañía. Descargando porno. Y cedés.

Así eran los domingos. Muchos. Y los martes. Con Lydia. De Madrid. O Ángeles. De Lugo. Con Loli. O con Ana.

Coincidías. O las buscabas.

Ana era accesible. En un chat. El mismo. Siempre. Me divertía con ella. Y ella conmigo.

Charlábamos. Me pedía cosas. Me pidió un abrazo.

Estoy en la cama. Le dije. Abrázame. Insistió. Accedí.

Le conté. Échate. A mi lado. De costado. Acaricia mi pecho. Su vello. Mi vientre. Siente la mano. Mi mano. En tu espalda. Rascando. En tu nuca. Entre tus cabellos. Mesando.

Te doy un beso. Dijo.

Con lengua. Advertí.

Sonrió. Me besó. El icono.

Le conté más. Que le quitaba la ropa. Despacio. Dibujando. En su espalda. Letras. Números. Adivina. Premio. Falla. Castigo.

Le conté más. Mucho más. Y escribí.

Mis dedos en tu pelo. Mis labios sobre los yuyos. Mi lengua con tu lengua. Tu pierna entre las mías. Tú de costado. Desnudos. En la cama. Acariciando mi vello. Susurrando en mi oreja. Llenándola de saliva.

Tecleé. Escribiendo en su espalda. Acertó. La besé.

Dibujando. En su espalda. Falló. La pellizqué. En el culo.

Y escribí. Tecleé. Pensando en ella. En su cuerpo. Desnuda sobre mí. Desnudo. Cerré los ojos. Imaginé. Y fui más allá.

Y tecleé que dibujaba. Y escribí que falló. Y que le daba un cachete. Y dijo no. Y dije sí. Has fallado. Y dijo no. Otro castigo. Y fui más allá. Y presioné su ojete. Y metí los dedos. Brusco. Besándola. Y dijo vale. Y seguimos jugando.

Y la besé. Cuando acertó. Y hundí dos dedos. Al errar. Eso escribí. Aquel día. Y lo tecleé. Muchas otras noches. Ese era nuestro juego. Eso nos excitaba.

Imaginé lamer su sexo. Y penetrarlo. Y se lo conté.

Imagino lamer el mío. Y cómo la penetraba. Y me lo tecleó.

Y jugábamos así. Desnudos. Frente a la pantalla.

Estudiaba. Y me lo contaba.

Me emborrachaba. Y la buscaba.

Cambiamos teléfonos. La oí correrse. Y ella a mí.

Hablábamos así. Desnudos. Y nos tocábamos. Y nos lo contábamos. Y nos corríamos juntos.

Me habló de su madre. Y de su hermano. De su padre. Fallecido. De sus amigos. Y amigas. De cómo le gustaba. De chupar vergas. De su última clase.

De un novio que tuvo.

Y yo escuchaba. Y leía. O me tocaba.

Jugábamos así. Desnudos. Una noche. Y acertó. Y falló. Y la castigué. En mi mente. Calvando los dedos. En su ano. Furioso. Y no dijo nada. Y pregunté. Y dudo. Y preguntó.

- ¿Eso te gusta?

- Sí. ¿A ti?

- No lo sé.

Y quiso probar. Conmigo.

11 Visita

Tomamos café. Hablamos. Compramos. En el súper. Bollos y algo para comer. Coca-Cola. Vino.

Le di un beso. En la boca. Al verla. Un achuchón. Y le toqué el culo.

Tenía un piso. Pequeño. Cuco. Femenino. Amueblado. A medias. En una urbanización. Nueva. En un pueblecito. En Albacete. En la A-31. Cerca. Hora y pico.

Aparqué el coche. En el centro del pueblo. Me subí en el suyo. Y nos fuimos. A su piso.

Habían pasado meses. Muchos juegos. Conversaciones. Masturbaciones. Sexo. En la red. Todo en la red. O por teléfono.

Lo pensamos un tiempo. Lo hablamos. A menudo. Una vez dudó. Pasamos al mundo real.

Lo intrigaba. Le rondaba. Le excitaba. A mí también.

Pasé por un sex shop. Compré un *anal plug*. De silicona. Rosa.

Y salí. Dirección sur. Albacete. Luego el desvío. EL pueblo. El centro. Aparcar. El beso. Palpar su trasero. Probar su saliva. Tomar un café. Probar. Y seguir probando.

La puse contra la pared. Al estar solos. En el ascensor. Tercero. Derecha.

Estábamos excitados. Puso dos copas. Tinto. Charlamos. Nos besamos. Sus manos sobre mí. Las mías sobre ella. Sin vergüenza. Sin recato.

Desnudos. La miré. Me miró. Sofá. Piel. Sudor. Se echó. Su cabeza en mis piernas. Besó mi pene. Acaricié su pelo. Besó mis testículos.

Comencé. A eso había ido. Acaricié su ano. Introduje un dedo. Lubricante. Dos dedos. Me miró. Interesada.

- ¿Qué tal?

- Raro.

Más lubricante. Entrando y saliendo. Mis dedos. De su culo. Besó mi pene. Y lo chupó.

Puse el tapón en su boca. Repasó el *anal plug*. Con la lengua. Lubriqué. Tomé su mano. La puse en su coño.

- Tócate.

Lo hizo.

Introduje el tapón. Silicona. Rosa. En su ojete. Hasta el fondo. Lo escupió. Lo introduje. De nuevo.

Lo apreté allí. Me miró. Masturbándose.

- ¿Qué tal?

- Bien.

Saqué y metí. Y Repetí. Lubricado. Fluido ya. Uní mi mano a la suya. En su conejo. Mojado. Rezongaba. Gruñía.

Tumbaba boca arriba. A su lado. Yo.

Empujando la silicona. En su intestino. Rosa.

Masturbándola. Empujando mis dedos. En su sexo. Jadeando.

Puso sus manos en la nuca. Me dejó hacer. Se dejó ir.

Mantenía el juguete en su culo. Presionaba su clítoris. Con el pulgar. En círculos. Jadeando.

Su pubis se levantaba. El juguete se salía. Empujaba. Frotaba. Jadeaba. Más fuerte. Más y más fuerte.

Cada mujer tiene un sonido. Al correrse. Un jadeo. Llegaba.

Se metió los dedos. Empujó mi mano. Que empujó el tapón dentro. Y presioné. Con el pulgar. En su vagina.

Se corrió. Y volvió a correrse. Fue un orgasmo largo. O varios. Casi cae. Del sofá. Era ancho. Y casi cae.

Le gustó. Me lo hizo saber. Me besó. Al tiempo. Me abrazó. Unos minutos. Me besó. Profundo. Largo. Fue a por mi polla. A comerla. Metió un dedo en mi ano. Y me chupó. Hasta que me corrí sobre su pecho.

Hora de comer. Carne. Coca-Cola. Vino. Bollos y café.

- Ahora quiero que me folles.

Agarró mi verga. Comenzó a tocarla. La puso firme. Mirando al techo. Le puso una goma. Y se sentó en ella.

Me agarró el cuello. Me puso un pecho en la boca. Un pecho grande. Con la areola sonrosada. Como el juguete. Que besé.

Se movía. Delante detrás. Metiendo. Sacando. Su mano en la nuca. Su pecho en mi boca. Su mano en un pecho. El otro. Delante. Detrás. Mis manos en su trasero. Acompañándola.

Dejó caer su cabeza. Su pelo. Apuró. Se urgió.

Yo no estaba. Solo gozaba. Los dos. Gozábamos. Los dos. Apretó.

Estaba lista. Se corrió. No duró mucho. El polvo. Se levantó. Mi sexo. La goma. Encima. Sus gotas. Cayendo.

Repitió. Me quitó la goma. Puso un dedo en mi ojete. Lo metió. Dentro. Hasta el fondo. Y me relamió. Hasta lograr mi esperma. Que se tragó.

Otro café. Estaba exhausto.

Uno más.

Cogí el juguete. Lo lubriqué. Lo metí en su culo. De rodillas. En el sofá. Jugué. Metí y saqué. Entraba fácil. Por fin.

Medité un segundo. Puse mi sexo junto al suyo. Sintiendo el calor. Presioné el tapón. Cerré su ano. Un rato.

Me gusta el sexo anal. Me pierde. Eso llevó sangre. Abajo. A mi pilila. Y creció. Lo necesario.

Acaricié su espalda. La avisé. Le follé el culo. Apretó. Con su esfínter. Se quedó quieta. Un instante.

Se volvió loca. Furiosa.

Zarandeándome. Jadeando.

Apreté mis manos. Sobre sus caderas. No dejé que se saliera. Ella gritaba. Se revolvía. Comenzó a tocarse. Rápido. Frenética. Enardecida.

Furibunda. Rabiosa. Jadeando una vez. Y otra. Y otra. Mil jadeos.

- Estoy casi.

Y nos corrimos. A la vez. O casi.

Un hilo de esperma en su ano. Golpee su espalda. Con mi glande. Dos gotas cayeron.

Charlamos un rato. Y volví a masturbarla.

Le encantó. Me duché. Me vestí. Y me fui.

Nunca nos volvimos a ver.

Ni en persona. Ni por teléfono. Ni en la red.

12 Johnny 14, 6

6 Yo soy el Rock and Roll, y la verdad, y la vida; yo soy el camino. Nadie llega al Rock sino por mí.

7 Si me hubierais conocido, también hubierais conocido el Rock and Roll; ahora ya lo tenéis, y podéis escucharlo.

8 Algunos vienen y me dicen: Dinos que es el Rock and Roll, y nos basta.

9 Y yo les digo: ¿Toda la vida en el bar y aun no lo sabes? El que me ha oído pinchar, ha oído Rock and Roll. ¿Cómo vienes a preguntarme eso?

10 ¿No crees que yo soy el Rock and Roll y el Rock and Roll habita en mí? Yo no pongo mis canciones. No abro la boca, si no que pincho Rock and Roll toda la noche y es el Rock lo que habla por mí.

11 Chato, yo soy el Rock and Roll. El Rock habita en mí y si no lo crees, quédate toda la noche, escucha y creerás por lo que hago.

12 Atiende lo que te digo: el que escucha Rock and Roll conmigo, podrá escucharlo a su bola; y podrá ser un rockero de cojones, incluso más que yo.

13 Y todo lo que me pidáis en nombre del Rock and Roll se hará. Para gloria del Rock and Roll.

14 Si me pides Rock and Roll, yo haré Rock and Roll para ti.

Y en nombre del Rock and Roll me pidió que montará un bar. Y en el nombre del Rock and Roll, lo hice.

Si al menos pudiera recordar su nombre.

13 Garito nuevo

Había ahorrado. No mucho. Vivir con la familia. O alquilar una habitación. Pocos gastos. Compartidos. Vicios cubiertos. Seguí trabajando. Pedí un préstamo. Abrí mi negocio. Mi propio negocio.

Johnny B. Goode. Rock and Roll Garito.

Recogí mis discos. Cedés y Vinilos. Dije adiós. Me fui para siempre. Sin mirar atrás.

- Nueva vida.

Busca local. Reforma. Monta. Limpia.

Avisé. Llamé por teléfono. Publicité.

Es curioso. La realidad te escupe a la cara. Y te abre los ojos. Temblaba. De emoción. Dominaba mi destino. Gran sensación. Nunca lo supe. Pero siempre quise eso. Cuando lo tuve delante lo vi. Amparo se fue. El Johnny había llegado. Para quedarse.

Pocos vecinos. Muchas plantas. Regateas. Presupuestas. Una mierda.

Yo pongo música.

Papeles y obras. Mierda.

Todo llega. Abrí un día. En marzo. Justo antes de Fallas. Madera. Carteles. Cerveza. La cuenta a cero. Deudas. Música en directo. También. No todo viene en latas. El Rock and Roll, tampoco.

Hora feliz. Dos por uno.

Elena entró un día. Durante la obra. Y se quedó. De camarera. Para siempre.

Suma. Un bar. Una camarera. Y Yo. Eso es el Johnny B. Goode. Desde hace ya unos años.

Eso es todo. Todo lo que precisaba. Rindiendo pleitesía.

Hacía fresco. Aún. Fuera. Marzo ventoso. Cien metros cuadrados. Un tirador de cerveza. Un equipo de sonido. Respondiendo. El mismo perro. Distinto collar. Quizá ni eso.

Elena era rubia. Divertida. Risueña. Respondona. Decidida. Sacó a leches a más de uno. Más de una vez. Simpática. Muy simpática.

- Un día que haya bebido un poco — pensé para mí mismo.

Setentas. Ochentas. Noventas. A veces cincuentas o sesentas.

Rolling Stones o Beatles. Bob Dylan. Cream o Johnny Cash. George Thorogood o Mayal. Tiempo para todo.

Apura las cervezas. Y los cubatas. Vacía el bar. Recoge vasos. Barre. La caja. Cierra luces. Pon la alarma. Sal. Baja la persiana. Echa el cierre. Hasta mañana.

Elena ayudaba con aquello.

Quédate dentro. Una más. Chicas. Barra. Música suave. Acércate. Muérdeme. Abrázame.

- Algún día.

Pensé en alto.

Me ayudará con esto.

Viernes. Sábado. Cinco. Seis de la mañana. Ya no limpian por mí. Limpiaba yo. O Elena. Los dos. Entre semana. Dos o tres. De la mañana. Vivir de noche. Pasear. Pensar. Con claridad. Con verdad. Beber poco. A veces. Beber. Las más. De las veces.

Domingos cerrado.

La policía entra. Molesta. A veces. Papeles. Somos tranquilos. Desde el principio. Desde el primer día. Zona tranquila. Lejos del tumulto. Los treinta. Cumplidos. Los clientes. Y yo. Pocos vecinos. Arriba.

Diez años enseñan. Y yo aprendí. Aprendí a llevar un bar. A gastar bien. A no molestar. A ser un niño bueno. De esos que no ponen Rock and Roll.

Oxímoron. *Nice boys don't play rock and roll.* Nuevo milenio. Nuevos lugares comunes. Ya no eran los setenta. Ni los ochenta. Padres de familia. Que fueron duros. Pasaban costo. O mescalina. Mi amor. Divorciados. En el sistema. Dentro. Trabajo. Mujer. Gemelas. Con traje. Y con corbata. Con gemelos. Incluso. La pose por dentro. Como la procesión.

Calvos. Gordos. Flacos. Viejos todos. Arrugadas ellas. Culonas. Echadas a perder.

Diez años atrás. Todo comenzó. Multas. Cierres. Bar lleno. Caja llena.

Diez años después. Vuelta a empezar. Más viejos. Más hechos. Moderados. Bien vestidos. Algunos. Tranquilos. O no. Los tiros en el wáter. Jodida *farlopa.* Me deben mi parte. Esos putos camellos.

Diez años después. Cuesta llenar. El bar. Y la caja.

Y te sangran. Hacienda. Autónomos. Ayuntamiento. Mierda de país.

Así fue. Así es. La realidad me escupe. Día tras día. A la cara. Hago lo que quiero. Por eso escribo. Ahora. Hago lo que quiero. Y pago el precio que me pide. El estado. Aunque no me guste. Y lo deteste.

Han pasado los años. Algunos se fueron. Todas se fueron. Hacer clientela. Algún vecino. Juanma. O José. Café por las tardes. En tu bar. Buen café. Para poder desayunar. Fuerte. Café fuerte. Por las tardes.

Lento. El bar. Lento y divertido.

La vida. A toda ostia.

- Ha llegado esto.

Facturas. Publicidad. Elena sacó un sobre. Del cajón. Bajo la caja.

- Estaba en el suelo cuando abrí.

Extintores. Carteles. Avisos. Más carteles. Licencias.

Elena bebía gin-tonic. Tanqueray. Schweppes. Puse dos. Brindamos. Un buen día.

Puse otros dos. Otro día. Brindamos. Poco movimiento. Al caer la tarde. Al principio del verano. Charlamos. Bebimos. Fumamos. Ginebra en las copas. Whiskey en la jarra. Y los cañones rugen. Diez p.m. Tres gin-tonics Elena. Tres yo. Un miércoles.

- ¿Pizza?

- Japonés.

Farfullé. Pastoso. La lengua hinchada. Servicio a domicilio. Sushi. Nigiri. Sashimi. Maki. Pedimos mucho. En exceso. Devoramos. Hambrientos. Terminamos el sushi. Los cacahuetes. Palomitas. Los del bar. Solos.

Entro un vecino. De repente.

- Si los señores han terminado de cenar, ¿me pueden poner una cerveza?

Elena me miró. Carcajadas. Comida en el suelo.

- ¿Barril o tercio?

Se tomó una cerveza. Luego otra. Elena hizo café. Dos cafés.

No sé por qué. No me lo preguntes. Me acordé de mi abuela.

Obrirem una magrana, la ferem cuatre tallons... Todo lo tiene Tona, puta, borracha y ladrona.

Ella cantaba. Yo escuchaba. Y puse música. Para escuchar.

Elena escuchaba. Las canciones. Mis historias. Sobre las canciones. Anécdotas. Información estúpida. Datos tontos. Inútiles.

Una anécdota. Tras la primera cerveza. Elena sirvió tres. Una para mí. Otra para ella. Otra para el vecino. Recomendó el japonés. El pescado crudo le daba asco. Al vecino.

También llenábamos. El bar. A veces. Víspera de Todos los Santos. San Patricio. En Fallas. Algún otro suelto.

Y fueron entrando. Unos y otros. Yo en la cabina. La cabina en la barra. *Tras la barra del bar.* Mi vida se iba marchando. Y llenamos. Hicimos ruido. Nos cansamos. Y cerramos pronto. En punto.

Recogimos rápido. Nos echamos. En un banco. En el bar. Estábamos bien.

Elena y yo. Unos panchitos. Cacahuates. Almendras. Elena sobre mí. Recostada. Borracha. Algo. Y Juanma y Raquel. Se toqueteaban. Se besaban. Ella a él. Y él a ella. Por todas partes. Acariciaba a Elena. El pelo. El de mi camarera.

Y dos más. Con dos cervezas. Dos tipos.

Cuatro y media. Seis doblados. Literalmente. Elena y yo retorcidos. En el banco. Raquel acurrucada. Tirada. En las rodillas. En las de Juanma.

- Nos vamos.

Levantamos la persiana. Salieron. Los dos tipos.

- ¿La penúltima?

- La última.

Tópicos. Serví. Dos copas. Nada que decir. Elena frente a mí. Fuera. Yo en la barra. El hábitat. ¿Sabes hacer masajes? Se dio la vuelta. Me dio la espalda. Comencé por su nuca. Por su pelo. Incómodo.

Nos movimos. Al banco. Se recostó. Me senté. Así un buen rato.

- Tienes unas manos que... mmm.

- Tu pelo es muy suave. Y tu piel.

Ronroneaba. Era el momento. Eso pensé. Me puse a cien. Yo solo. Al pensarlo. Mi corazón también. Me centré. En el masaje. Nos quedamos fritos. Entre caricias.

Alguien llamó. El vecino. Buscando un reló.

Elena frita. La despertamos.

- Luego limpiamos.

Cerrar. Poner la alarma. Salir. Bajar la persiana. Echar el cierre. Hasta luego.

Nos fuimos a casa los tres andando. Bajo el sol. Nos miraban. Los vecinos.

Llegamos a mi casa. Elena y yo. Tomamos un café. Nos metimos en la cama. Cada uno en una.

Desperté tarde. Se había marchado.

Luego la vería. No era mala perspectiva.

14 Viernes

Y la vi. Ese día. Y muchos otros. Serenos. Trompa. Fumados. Y tal.

Elena fue la mujer en mi vida. Muchos años. Una constante. Un poste.

Tenía resaca. Aquella mañana. Ya no dormía tanto. Como de joven. Y más que ahora. Tenía resaca. Dulce resaca. La mirada turbia. Nublada.

Me levanté. Abotargado. Ocupado. Tenía cosas que hacer. Encargos. Compras. Bancos. Madrugué. Para mi costumbre. Quería volver a la cama. No más tequila. No más tequila barato. Solo Herradura.

Hans me enseño. A beber tequila. A beber Herradura. Hans no era alemán. Era mejicano. Sus padres no eran alemanes. Eran mejicanos. Y sus abuelos. Pero se llamaba Hans. Hans Gómez.

Perfeccioné mi técnica. En Zopilotes primero. Y en Tecolotes después. Con Alejandro.

Un día fuimos a Zopilotes. Una fiesta. Terminamos el tequila. Todo el tequila del bar. Y todo el mescal. Si has de creer en algo, cree en esto.

Una neblina. Un vaho tenue. La vista nublada.

Viernes. Noviembre. Lo recuerdo perfectamente.

Cajero. Saqué dinero. Entré. Arreglé mis asuntos.

Vibró el móvil. Mensaje. Elena. Que charlemos. Quedamos en Benimaclet. En una terraza. En la plaza. Aperitivo. Cañas. Y charlar. Algo querrá. Supuse. Ya lo dirá. Si quiere. Me gustaba su compañía.

Cuestiones laborales. Nada serio. Pero hay que hablar. Es bueno. Es mejor para el negocio.

La resaca es buena. O mala. Según. El malestar se pasa. Con dos cañas. Estás arriba. Todo vuelve. Arriba de nuevo. Eufórico.

Pedí cacahuetes. Altramuces. *Ni papes, ni kikos. Cacau i tramussos.* Y comimos.

Llegué primero. Y pedí. Y bebí. Y comí. Y llegó Elena. Y la saludé. Y notó que estaba algo puesto.

Puesto de ayer. Más hoy. Pensé. Sonreí. Dos besos. Una caña. Dos más.

- ¿Y de menú?

Dos platos. Pan. Bebida. Postre. Y café. Nueve cincuenta. Encendí un pitillo. Del paquete de Elena. Directamente Ella cogió otro.

De primero tenemos ensalada campesina, berenjenas rellenas y sopa y de segundo tortilla de bacalao, carne mechada con guarnición y huevos a la riojana.

Yo medio en trance. Resaca vuelta a pedo.

Elena pidió. Yo lo mismo. No podía decidir. Es lo que pasa tras los aperitivos. A menudo.

Noviembre. Un viernes. Desapacible. Quería llover. Entramos dentro.

Charlamos. De la noche anterior. De la caja. De los pedidos. Del ambiente. De los de una hora en el baño. Del que cayó del taburete. Del que se duerme. Y de lo que quería hablarme.

- Ese no entra más en el bar. Tranquila.

Cayeron gotas. Café y chupito.

Blanco para mí. Yerbas para ella.

También me pidió dos días. De puente. En diciembre. De acuerdo. No pasa nada. Ve y disfruta. Gracias. Sonrió. Bromeó.

- Quería quedar contigo a comer en realidad.

- Lo sé. Veo como me miras.

Carcajada.

El café no me despejó. El orujo tampoco ayudó. La neblina era niebla. Densa. Sobre mis ojos. Pagué la comida.

Elena estaba preciosa. Yo era un puto desastre.

Salimos. Andamos. La calle. El fresco. Algo me despejó. Sin rumbo. Unos minutos. Ella delante. Yo detrás. Mirándola. Fue al bar. Hora de abrir. O casi.

Sí tenía rumbo. Ella. No tenía conocimiento. Yo.

Llaves. Persiana. A medias. Alarma.

Estaba fresco. Dentro. Limpiamos un poco. Limpió ella. Más bien. Preparamos todo.

Necesitaba café

- ¿Hago café?

Lo necesitaba realmente. Elena quería. También.

Caliente. Espeso. Fuerte.

Teníamos el café en común. Poco más.

Puso el portátil. Puso música. Callé. Tomé el café. Tranquilo. Sentado en un botellero. Elena a mi lado. Los pies en un taburete. En el mismo. Poco espacio. Hombro con hombro. Amodorrados. Yo al menos.

Mesó mi pelo. Ladeó la cabeza. Sobre mi hombro. Yo, inmóvil. Unos minutos eternos. Mi corazón se activó. Ahora.

Giré la cabeza. Busqué sus labios. Con los míos. La besé. Lo mejor que pude. Lo más tiernamente que me dejó mi mente aturullada.

No era la primera vez. Ni la primera mujer. Me puse nervioso. Pese a todo.

Respondió. Me besó. Levemente. Se percató.

- Estas pedo. Ya tendremos tiempo. Ahora hay que abrir.

Y me guiñó un ojo. Me volvió el corazón del revés. Casi se me sale. Por la boca.

Anoté aquel viernes en mi agenda mental de recuerdos. Por eso me acuerdo. Y no lo he olvidado.

Me gustaba Elena. Y no tenía a nadie. Me gustaba Elena. Cada vez más. No me había dado cuenta.

También me gusta la cerveza y el patxarán. El orujo seco y el de hierbas. El whisky con cola y con limón. Lo prefiero solo. Sin hielo. Le doy al gin-tonic. Al *bloodymary*. Pongo chupitos de tequila. De cazalla. De mistela. Y de Jägermaister.

Por fin viernes.

15 Viejos amigos

Era morena. Imponente. Pelo largo y liso. Caderona. Bien construida. Muy bien construida. Mejor terminada. De mi quinta.

Una señora bien hecha. Muy bien hecha.

Se fue del barrio. Después de estudiar. Le perdí la pista.

Nos conocimos de adolescentes. Mucho tiempo ya. No éramos críos. Ya hace tiempo que no. Que dejamos de serlo.

- ¿Eres tú?

- Claro Alex. Igual de guapa que siempre.

- ¿Qué?

Cervezas. Dos besos. Barón rojo. Rosendo después. Agradecido. De verla. Y sorprendido. También. Serví dos tequilas. Elena puso otro.

- Hola prima.

Fin de la sorpresa. Chin chin.

- ¿Te esperas al cierre?

- No sé, ya veremos.

Terminó la cerveza. Elena le sirvió otra. Se marchó. No se la terminó. No se despidió. O no lo recuerdo.

Decepciones. Y veneno. El de Vicent Damon. El de las brujas. Veneno.

Olvidé la visita de Alejandra.

- Pon algo de…

Joder. La misma cantinela de siempre.

- Venga. Lo busco y te lo pongo.

Me despierto. Cada día. Y suena una canción. En mi cabeza. A menudo ocurre. Marca mi día. Son dispares. A veces extrañas. Conocidas o no.

Marca mis noches. Esa canción sigue en mi mente. Cuando abro el bar.

Todo tiene que ver con esa canción. Ese día.

Entró Alex en el bar. Vestida de negro. Y yo me preguntaba, cariño, qué haría por dinero.

También entró un tipo. Enjuto. Pidió un Cutty. Vaquerito. Pasaba *farlopa*. Lo eché algunas noches. Se encerraba en el aseo.

Al día siguiente fue J.J. Cale. El que amaneció conmigo. En mi cabeza.

Me senté con Alex. Charlamos. No vino nadie. En un buen rato.

Divorciada. La parejita. Ella tres. Él cinco.

Viajó por trabajo. Mucho. Por su ex. De nuevo en Valencia. Algo estable. Mientras pudiese. Se quedaba.

Se veía mayor. Autoestima baja. Se fue con una de veinte. Era mayor que nosotros. Su ex.

Discutimos.

Era mona. Bien acabada. Ya te lo he dicho.

Cogió una revista. Señaló. Mira esta. Tú estás mejor. A mí no me sacan. Porque no quieres. Que dices,

Dudó. Me reafirmé.

- Ya, y tú me harías las fotos.

No dudé. Yo no. Dije que sí. Seguro. Eso no se deja pasar. Sonrió. Dejó el tema. Hablamos de música. Nos pusimos al día.

- Yo suplo a mi prima.

Pregunté. Me contó. Su vida. Sus viajes.

No hay nada como un baño turco. Una *cheesecake* en la calle Mott. Hay un sitio en Greene donde el café es la leche. La mejor grapa del mundo la tomé en Nueva York. En el Peasant. No puede ser. Que sí.

La primera vez vino a ver a su prima. No a mí. Casualidades. Causalidades.

Dejó los niños con la abuela. Se vino al bar. Vestía de negro. Mi mente. Ese día. El día que vino a trabajar. Cuando desperté.

Tenía experiencia. Pub irlandés. Gerona.

Se manejaba.

- A Elena le pago…

- Yo me cobraré luego en casa.

- Bien.

Puse música. Ozzy y yo no cambiaremos el mundo. Ni el mundo a nosotros.

Limpiar. Cagar cámaras. Un café. A media tarde.

Tranquilidad. Poco movimiento. Según se mire. Clientes, no muchos. Muchos roces. Muchas insinuaciones. Muchas miradas. Muchos latidos de corazón. Del mío. Estaba atacado. Cardiaco. Salido. Quería pagar.

Charlamos algo. Estaba radiante. Deslumbrante. Un vestido negro. Ajustado. Dos volantes. En la falda. Pelo suelto. Sonreía. Constantemente. A todos. Luminosa. Coqueta.

Bien con la bandeja. Y con el tirador.

Entraba y salía. Rápido. Comandas. Esperaba. Yo preparaba. Ella la servía. Era hora de cenar.

- ¿Qué te apetece?

Cena para dos. Picamos mientras. Dos cañas. Arreglamos una mesa. Elena y yo cenábamos de pie en la barra. Casi siempre.

Un cambio. Con su prima. Llegó el repartidor.

Cream.

Abrí la caja. Pagué. Llevé la cena. Nos sentamos. A la mesa. Uno frente al otro. Nos miramos. Nos entró la risa. Comimos. Charlamos. Animadamente. Iluminaba el bar. Sonreía. Constantemente. Era bueno. Aquello era bueno.

No hubo postre. Solo café. Yo solo. Ella bombón.

Me dio un beso en la mejilla. Sorbí. Rápido. Tomo dos sorbos de café. Siempre. Sea lo largo que sea. Uno y dos.

Dejé la taza en la pila. Volvieron los clientes.

Alex y yo en la barra. *All night long.*

16 Fotos

- Última oportunidad de largarme.

Alex estaba sola.

Salón primero. Dos copas de vino. Preparé la cámara.

- Voy a cambiarme. Pon música.

Tracy Chapman. Pocas cosas me gustaron. De su discoteca. No la juzgo.

Volvió. Casi me desmayo. Derramo vino. Un poco. En la camisa. Poca ropa. Y son las cuatro y media. Solo. De la tarde. Una bata. Pequeña. Corta. Escotada. Ropa interior bajo. Intuyo. Rio. Estaba espléndida. Nos pusimos al asunto.

Fotos en el salón. Con la bata. Cayendo. Por los hombros. Sonrisas. Poses. Vino. Dispara. Dispara. Dispara. *Eight frames per second.*

Sin bata. Al tercer vino. Primer vuelco en mi pecho. Lencería sexy. Más sonrisas. Poses. Acercamiento. Fotos osadas. Menos distancia. Hacía mucho calor.

Jugando con el sostén. Burlesque. Me lo lanzó. Insinuándose. Cubriéndose. Con las manos. Con los movimientos. Solo cubierta por unas braguitas blancas.

Ya solo bebía yo. Dispara.

- Ahora vuelvo.

Me serví otro vino.

Y volvió. Y me mató. Desinhibida. Por el vino. Se cambió. El tanga era demasiado pequeño para mí. Cubriendo los pechos con el brazo. Muy poca tela. Mucha mujer.

Terminaron las sonrisas. Provocación. Solo para mí. Sus poses. Tensión sexual.

Se puso la bata. De repente.

- Vamos a verlas.

Seria. Enchufó un portátil. Le pasé la tarjeta de memoria. Conexión. La abrió. Fotografías. Un sinfín. En ellas reía. Las vimos. Una a una. Sentados en el sofá. Juntos. El infierno en mí. Dentro.

- Un descanso.

Asiento. Fue a la cocina.

- Preparo algo de cenar. Tú haz lo que quieras.

Fui al baño. Agua fría. En el cuello. En las muñecas. En la cara.

Preparé un baño. De espuma. Encontré lo necesario. Sales. Música. Velas. Todo. Era mi momento. Ella cocinaba.

- ¿Tienes hambre?

- No mucha.

- Continuamos entonces.

Me tomó. De la mano. A la habitación. Salón. Baño completo. Cocina. Terraza amplia. Su habitación.

Más fotos. Yo detrás. Ella delante. De la cámara. Movimientos felinos. Cientos de disparos. Sobre la cama.

Sin bata. Solo el tanga. Excitado. Excitados. Mis vaqueros. Delatores. Sus ojos. Delatores.

Cubriendo sus pechos con un brazo.

Era la hora.

- Estoy agotado.

- ¿Ya?

- Date un baño. Pongo la mesa.

Me miró. Se extrañó. Guiñé un ojo. Fue. La miré

Toda la tarde. Fotos. Poses. Más Fotos. Menos ropa. Sensualidad. Erotismo. Y calor. Mayo en Valencia. Refrescó. Ya de noche. Un par de grados.

Velas perfumadas. Sales. Espuma. Luz tenue. Nina Simone. Agua caliente.

Solo un tanga. Diminuto. Sexy. Por toda ropa. Entró en el baño. Se lo quitó. Puerta entreabierta. Cerró los ojos. Respiró. Eso le quedaba. Y se lo quitó.

El agua mojando su piel. Su tacto. *My baby just cares for me.* Aroma a vainilla. A manzana. A canela. Adormilada. El tiempo pasaba. Despacio. Arrullándola. Llevándosela.

Algo la turbó.

Mis manos. En su cuello. En sus hombros. En su nuca. Chistó.

Lo esperaba. Mi masaje. Supongo. En sus músculos. En sus cervicales. Suave primero. Firme.

No pudo evitarlo. Se erizó su vello. Un respingo. Al primer contacto.

Se relajó. Poco a poco. Despacio. Adormilada. Como antes.

Las yemas de mis dedos paseaban. Por su pelo. Por sus hombros. Ligeras. Por sus orejas.

Concentrada. Disfrutando mis caricias. Vainilla. Canela. Manzana. Mp3.

Caricias descendiendo. Atrevidas. Por su cara. En su cuello. Descendiendo. Hasta sus pechos. Segundos. Minutos. Despacio. Sin prisa. Caricias. Más caricias.

- ¿Cenamos?

Susurré. Salió del trance. Abrió los ojos. Toalla. Y albornoz. Me miró. Estaba desnudo.

Salió. Hacia el salón. Mesa puesta. Ensalada. Poco más. Y vino.

Nos sentamos. Cara a cara. Por fin. Luz tenue. *I put a spell on you. Because you're mine.* Nada cambió. Solo la mesa. Por la bañera. Y una cena. Frugal. Que sirvió. Entre la manzana. La canela. La vainilla. Y el fuego. Dos copas. Brindis. Por nosotros.

Sus ojos fijos. En los míos. Hipnotizada. Hablando poco. Cenando tranquilos. Pausado. Despacio. Paladeando. No solo la comida. ¿Un poco de vino? Pásame pan. Eso era todo. Mis ojos fijos. En los suyos.

Eso era todo. Eso era lo único. Sus ojos. Mis ojos. Nuestras miradas.

La mesa pequeña. Las sillas cercanas. Nuestros pies tocándose. Subí. Por sus pantorrillas. Hasta su albornoz. Un poco más.

La mesa transparente. El cristal nos separaba. Sus ojos clavados. Sus pies subiendo. Por mis pantorrillas. No había por qué mirar. Teníamos el tacto. Nuestra piel. Tocándose. Suficiente. Teníamos las miradas. El tacto y las miradas. La mía estaba fija. En sus ojos. La suya en los míos. En sus dos ascuas. Llameantes. En mis dos brasas. Ardientes.

Mi pie sobre su silla. En sus muslos. Más caricias. Abriendo el albornoz. Así quedó. Cuando me aparté. Quedó descubierta.

La piel. Sobre sus senos. Su vientre. Su sexo. A la vista. En parte.

Bajé la mirada. Creo. No pude evitarlo. Un segundo. Admirando. Su cuerpo. Sus formas. Preciosas. Precisas. Atrapando. En mi memoria. Cada poro de su piel. Hasta hoy.

Sonrió. Me pilló. Se dio cuenta. Y sonrió. Franca.

Dejó caer el albornoz. Sobre la silla. Abierto. Mostrando sus pechos. Mirando a mis ojos. De nuevo. Masculló.

- Continua

Y abrió las piernas. Ligeramente. Su pubis. Insinuado. Con cuidado. Sin mostrar. Sugiriendo.

- Eres deliciosa

Subí el pie. De nuevo. Entre sus muslos. Clavé mis ojos. En los suyos. Lo intenté. Más si cabe. No pude. Miradas furtivas. Su belleza. Su cuerpo desnudo. Mis ojos escaparon. A sus pechos. A sus pezones. Crecidos. Respondiendo a mis caricias.

Mis ojos vagando. Por sus labios. Por su vientre. Por sus brazos. Por su sexo. Sexo que alcanzaba con el pie. Mi deseo desbordado. Al contacto. Un suspiro. Suyo. Mío.

Segundo plato. Tomando vino. Fui a la cocina.

Por el pasillo. Mirándola. Al fondo. Como la dejé.

Dejé los platos. Sobre la mesa. Me puse detrás de ella. Sorbió un trago. Volví al masaje. Al masaje de la bañera. A las caricias en la nuca. En los hombros. A los dedos enredados en el pelo. Húmedo. En las orejas. A las manos que bajaban. Por su piel. Hasta sus pechos. Hasta sus pezones.

Sintió mi lengua. Sintió mis manos. En su lóbulo. En sus pezones. Besé su oreja. Acaricié sus areolas. Mordí y pellizqué. Y gimió. Y suspiró.

Buscó mi boca. Con la suya. Mi lengua con la suya. Frenética. Luchando por entrar en mi boca. Enroscándose. Un beso cálido. Apasionado. Lascivo. Lleno de deseo.

De pie frente a ella. Sentada. Mirándome. A los ojos. Me dejé caer. Para besarla. De nuevo. Apoyado en la silla. Para besar sus labios. Y sus ojos. Y los lóbulos de sus orejas. Para recorrer su cara con mis labios. Y su cello. Después. Para llenarlo de saliva. Sus dedos en mi pelo. Respirando ruidosa. Agitada.

Deseo.

Momento para sus pechos. Los besé. Los saboreé. Con dulzura. Con canibalismo. Con mordiscos. Y pellizcos. Con pequeños tirones. Uno y otro. Siempre los dos. Duros ambos. En mi boca. Entre mis dientes. Todo por sus gemidos. Por su pecho convulso. Mi lengua en sus areolas. Mis labios sorbiendo. Mordiendo. Succionando.

Mis manos locas. Por sus piernas. O su vientre. Pellizcando. Rascando. Sus pezones tiesos. Durísimos. No pude parar.

Bajé mi lengua. Por su vientre. En cuclillas. Frente a su sexo.

Acariciando sus muslos. Se movió. Se colocó. Ofreciéndomelo.

Lo contemplé. Cautivado. Su belleza. La visión de su coño. Cuidado. Pulcro. Aspirando su aroma

Y besé sus ingles. Alargando. Retrasando. Inevitable.

Besé su vello. Primoroso. Unos segundos. Caricias. Y más caricias. Una eternidad.

Mi lengua en su ano. Casi. Subirla por en medio. Por su vulva. Abriéndola. Con la punta de mi lengua. Saboreándola. Por fin. Hasta su clítoris. Toqué su clítoris. Con las papilas.

Entonces llegaron. Sus gemidos.

Y mis labios succionando su clítoris.

O mis manos acariciando sus ingles. Su culo.

Mi lengua penetró su sexo. Su sabor. Mis labios.

Mis dedos pugnaban. Mi lengua luchaba. Un hueco dentro de ella.

Momentos de placer. Bebiendo su jugo. Sin desperdiciar nada. Ni una gota.

No quedó nada. De la manzana. Ni de la vainilla. Ni de la canela. Solo sexo. Su sexo. Su aroma.

Y fue acercándose. Y respirando fuerte. Y gritando. Cada vez más. Buscando su orgasmo.

Y metí dos dedos. En su vulva. De golpe. Lamiendo. Sorbiendo. Frenético.

- Voy a correrme

- Hazlo

Y llenó mi boca. Se corrió. Entre caricias.

Cerró las piernas. Se echó hacia atrás. Me levanté. Besé sus labios. Y dijo:

- Se me va a enfriar la carne.

Y seguimos cenando. Mirándonos a los ojos.

Cortar la carne. Masticar maquinalmente. Mirarnos a los ojos. Mismo ritual. Varios minutos. Una diferencia. Sonreía. Constantemente. Relajada. En silencio. Un silencio cargado. Aun.

Comí deprisa. Terminé rápido. Clavé los ojos en ella. Más tranquila. Sosegada. Sonriendo. Abiertamente. Ladina. No había terminado.

Ni la vainilla. Ni la canela. Ni la manzana. Por supuesto.

Terminó

- Yo recojo

- Está bien.

Trajo fruta. En una fuente. Sirvió vino. Otra copa. Otra
más. Se sentó en mi regazo. Me daba la fruta. Pelada.
Directamente. De sus dedos. Compartiendo. Las mismas
piezas. Mi sexo erecto. Bajo su albornoz. Lo notaba. Y pasaba.

Terminamos las cerezas. Se levantó.

- Voy a hacer café.

- Déjame a mí. Soy bastante especialito, para el café.

- ¿Así como estás lo vas a hacer? ¿Con ese palo ahí?

- Qué remedio, ya bajará.

Una bandeja. Completa. Vuelvo. Café. Leche. Azúcar.
Moreno y blanco. Cucharillas. Ella en su silla. Yo en la mía.
Ella miraba. Lascivia de nuevo. Nada de sonrisas.

- Quiero más postre.

Sorbí mi café. Sin aceptar el reto. Mi sexo fofo.

Se levantó. Pasó del café. Mis ojos fijos. Sobre su silla.
Sobre su ausencia. Cambio de papeles.

Son sus dedos. Ahora los suyos. En mi pelo. Acariciando
mi nuca.

Sorbí mi café. Sin aceptar el reto. Inmóvil.
Estremeciéndome interiormente. Disfrutando cada contacto.
Sus yemas en mi piel. Terminé el café.

Repitió mis caricias. Las recordaba. Todas. Una a una.
Sintiendo yo así. Lo mismo que ella sintió. Su placer era el
mío. Mis caricias fueron las tuyas. Cerrando el círculo.

Sin principio ni final. Suspiré. Complacido. Mis ojos en la
pared. Sobre su ausencia.

Besé sus dedos. Los lamí. Estiré de ellos. Sus labios junto a mis oídos. Déjame, susurró. Mis labios buscando los suyos. Su lengua encontró la mía. Segundo asalto. Más pasión. Más deseo. Dos cuerpos que fundidos en un abrazo hermoso. Sexual. Caliente.

Desnudos. Piel contra piel. Su cuerpo bien definido. Piel suave. Tersa. Voluptuosa. Mi cuerpo fofo. Desigual. Dispuesto.

Acarició mis nalgas. Yo las suyas. Mordí tu cuello. Arañó mi espalda. Bajó por mi vientre. Mi sexo. Nuevamente ansioso.

Lo besó. Me extasió.

Apretó mis cachetes. Acarició mis testículos. Con las manos. Primero. Y con los labios. Sus uñas acariciando cerca de mi ano. Rodeándolo. Entregado. Siervo.

Sus ojos clavados en los míos. Sexos y labios. Otra vez. Masturbarnos mutuamente. Oralmente.

- Ven.

Salió de entre mis piernas. Se puso de pie. A mi altura. De nuevo.

Estiré de su brazo. La puse frente al sillón. Dándome la espalda. Entendió. Se ofreció. No me resistí. Mi lengua en sus tobillos. Por sus piernas. Hasta sus ingles. No soy un demócrata. Lo fui entonces. Ambas piernas por igual. Mordí sus nalgas. Ambas. Comprobé su coño. Su estado. Con mi lengua. Mi nariz sus glúteos. En su ano. Mis manos en sus caderas. Buscando. Su sexo. Lo más hondo. Momento de levantarse.

En pie tras ella. Mi sexo pegado a sus carnes. Entre sus carnes. Buscando la unión. Tieso. Mis dedos por su espalda. Paseando. Por sus caderas. Como mi miembro: Paseando entre los labios de su vagina. Rozando el clítoris. Mojando su coño. Sus gemidos. Mi guía. Baile pre coital. Prolongado. Su mano atrapó mi polla. Se la calzó. Quedé inmóvil. Disfrutando del calor. De sus entrañas. De su humedad. Agarré sus caderas. El placer era inmenso. Tuve que contrólame. Casi eyaculé. Quieto de nuevo. Contuve mi esperma. Relajé mi tensión. Comencé a moverme despacio. Acompañado. Por sus caderas. Sus movimientos

Evadido. Por un momento. Tuve que irme. Que dejar a mi mente fuera. Su sexo. Su calor. Su erotismo. Casé me hacen terminar. Antes de tiempo. De nuevo.

Sus caderas. Mis manos. Perfecta compañía. Sintonía. Danzaban. Yo mecánico. Ella sexual. Controlando. Veloz. Poco a poco. Aceleró.

Chasquidos. Su piel contra mi piel. Sus nalgas contra mi pubis.

Una mano. En sus caderas. Dando impulso. Estiré su pelo. Con la otra. Levantó su barbilla. Pellizcó su pezón. Sintonía de gemidos. Acompasados. Mi lenguaje soez. Contestó a todo. A todo que sí. Eres una viciosa. Una golfa. Te gusta comer pollas. O al menos eso dijo.

Nada de erotismo. Solo pornografía. Mi pene entrando y saliendo de su cuerpo. Mis manos guiando su cadera. Acariciándola. Arañándola. Pellizcándola. Sus fluidos mojando mis vellos. Mis testículos. El aroma a sexo. Los gemidos. El placer.

El placer sexual supremo estaba allí. Ya.

- Nena estoy a punto.

Su mano agarró mi escroto. No sé cómo. Lo estrujó

- A ver si es verdad.

No pude contenerme. La sorpresa. Estallé en un orgasmo. En su seno. Dentro. Entre espasmos.

- Sigue un poco más.

Ojos en blanco. Un par de embestidas. Suficientes. Sonidos guturales. De nuevo. En su boca. Otro orgasmo. Ayudando. Mis dedos. Presionando.

Cerró las piernas. Al poco. Se dejó caer. En el sillón. A su lado. Sentado. Me chupó los dedos. Yo los chupé después.

17 Malas noticias

Hubo muchas. Muchas más. En sueños. Sobre la barra. En el aseo de chicas. Entre compresas y papel. En el de tíos. Entre orines.

Con una copa. O una cerveza. Después del último porro. O del último gramo.

En su casa. Y en la mía.

Iban y venían. Nunca mentí. Ni a ellas. Ni a mí. Nunca me hice ilusiones. Nunca prometí nada.

Elena lo sabía. Lo de su prima. Lo sé. Nunca lo comentamos.

Alex se olía algo. Entre su prima y yo. La sustituyó varias veces. Por hacernos un favor. Por follar. O por salir de casa. Por dinero extra.

Todo iba bien. Todo lo bien que podía. No soy rico. No me haré rico.

Elena salía con otros. Y yo con otras. A veces venía a casa. Unos días. Lo pasábamos bien. Nada más. Jefe y empleada. Que se acuestan. Cariño. Poco más.

Veía a Alex. Una vez al mes. Más o menos.

Y recuerdo a Cristina. Que la atara. O a Merche. Por sosa. O Sabrina. Una pelma. Con Silvia repetí. Una o dos veces.

También a Patrice. Yonki. Vieja. De Michigan. U Ohio. No recuerdo del todo. Tenía un jacuzzi. Y una piscina.

Hubo otras. No significaron nada.

Aquella noche no hubo ninguna. Y Elena de puente.

Nadie esa noche. Con Alex allí no. Venía. Ayudaba.
Cobraba. Íbamos a casa. Follábamos. O no. Dormíamos.

Por la mañana. Frescos. Ducha. Polvo. Café. Y quien sabe.
Esa era la rutina.

Elena estaba de puente. Así descansaba de mí. Del Johnny.
De los borrachos. La clientela.

La rutina. Nada especial. Noche convencional.

Cerramos. Fuimos a casa. A la mía. Paseando.

Alejandra se meaba. Las cervezas. Supongo.

Eran las cinco. Pasadas. Había silencio. Y coches
aparcados. Vecinos dormidos. Farolas encendidas. Nadie
cerca.

- Necesito mear como sea.

Oscuridad. Un hueco. En un garaje. Entre dos coches.
Lejos de las farolas. En una esquina oscura.

Se agachó. Bajó su pantalón. Y su tanga. Supongo.

Vaqueros. Botas.

- Hijo de puta.

Me dio en la cabeza. Un bate. Un tubo. No sé.

Caí. Aturdido. Desorientado. Inconsciente. A medias.

- Levanta hijo de puta.

Esa voz. Ronca. Familiar. Desconocida. Pero familiar.

Tensé el brazo. La palma contra el suelo. Giré la cabeza.
Levanté el ojo derecho. Golpe en la sien.

Ciento ochenta grados. Eso giró. Mi cabeza.

Me dieron. Me dieron bien. Lo mío. Lo de mi primo. Me dieron de ostias. Joder. Estaba jodido. Bien jodido.

Alejandra gritó. Oí sus tacones. En sueños. Lejanos.

Meó. Corrió. Estaba oscuro. Solos. En la calle. Ella. Yo. Y otro más. No sé cuántos. Uno al menos. No lo vi. No lo oí.

- Hijo de puta. Déjalo.

La empujo. Cayó. A mi lado. En el suelo. Se revolvió.

Conseguí levantarme. Atontado. Toqué mi sien. Sangrando. Mi cabeza. A punto de explotar. La cabeza.

Dolor insoportable. Junto a la nuca. Bajo el cogote. Me palpé. Miré mi mano. Rojo sangre. De nuevo.

Vi el bate. Doble.

Lo vi a él. Mirando a Alex. Borroso. Se quitó el cinturón. No sería mía. Hoy no Alejandra. Aturdido. Dolorido. La hebilla brillaba. Le dio una patada. En la cabeza. Gritó. Le sacudió. Con el cinturón. Con la hebilla.

- Hija de puta, te voy a matar. A ti también. Zorra.

Brillaba la hebilla. Fui por él.

Se percató. Y lo tumbé. Le di una patada. Con mi suela. Crujieron las costillas. Me barrió. Al suelo. De culo. Vino por mí.

Alejandra salto. Al cuello. Sobre él. Cayeron. Contra un coche. Contra el suelo. Y se hartó.

Sonó un disparo. Seco.

Álex me miro. Inquisidora. Por qué.

Otro disparo. Me metí entre los coches.

Se quitó a Alex de encima.

Me apuntó. Apretó el gatillo. Chasquido. Clic.

Un coche. Policía. Algún vecino. Salió corriendo.

Caí inconsciente. Extenuado. Derrotado.

Rondaría los cincuenta. Demasiado pintada. La enfermera. Amable. Me llevaron la Clínico. Al lado de la Facultad de Medicina. Cerca de casa. Cerca del bar.

Traumatismo craneoencefálico. Pocos daños. Decían.

No me lo pareció. No sonaba canción alguna. En mi cabeza. Un zumbido. Vacío. Solo. Tremendamente solo.

Me despierto con canciones en la cabeza. Algunas tristes. Algunas malas. Muy malas. Mejores que el zumbido. Que el puto dolor. Solo dolor.

Mi peor resaca. Sin una canción. Drogado. Dolido. Postrado.

Todo blanco. Mucha luz. Demasiada luz. Demasiada mentira. Estridente. Pupilas dilatadas. Ojos cerrados. Y no encontraba la canción. Que canción tocaba. No venía. Solo zumbaba.

Hora de comer. La bandeja. La comida. Cincuenta. Seguro. Demasiado maquillaje. Palabras amables. Estaba confuso. Algo es algo.

- ¿Cuando me marcho?

- En un día o dos, si todo va bien.

- ¿Cuándo llegué?

- Anteanoche.

Cerré los ojos. Dormí. Sin comer. Era bazofia. Bazofia de hospital.

Algo me despertó. Hablaban suave. Una conversación. Lejana.

Mi aspecto. Lamentable. Deplorable. Hecho un cristo. Eso decían.

Mis párpados pesaban. Sedado.

Frente a mí. El cónclave. Hice un esfuerzo. Abrí el ojo izquierdo .Juanma y Paco estaban allí. Y sus chicas. O eso me pareció. Quise saludar.

No pude.

Quise levantar un brazo.

No lo hice. O no lo notaron.

Estaba sedado. Quería oír. Participar. Me quedé frito. De nuevo. Hasta el día siguiente.

A mediodía. Entró Elena. Y la enfermera.

- En cuanto el doctor te vea, te damos el alta, si todo está bien, ¿te parece bien?

- Bien.

Elena entró. Melena suelta. Mayas negras. Ajustadas. Falda vaquera. O faldón. Botas. Camisa con hombros descubiertos. Suave carmín. Triste. Media sonrisa.

- Ya te has despertado.

Me dio un beso. En los labios. Dulce. Acarició mi herida. Mi sien herida. Cogió mi mano. Apretamos. Ambos.

- ¿Cómo estás?

- Me duele la cabeza. Saldré de esta.

- Mala yerba…

Se nubló su rostro. Comprendí.

- Alejandra…

- Lo sé.

Y me levanté. Y me dieron el alta.

Elena se compró unas gafas. Gafas oscuras. Y me contó que lloró. Y lloré con ella.

Es difícil subir un féretro por las escaleras de San Francisco Javier. Son empinadas. La iglesia es grande. Y el crio preguntó.

- ¿Mama no vendrá?

- No, cariño, mamá ya no vendrá más.

Y nunca más serví un vaquerito. Y en mi bar ya no hay Cutty.

18 Recuerdo

Desde aquel día. Cabizbajo. En mis cosas. Así paseo. Así ando por la calle. Por el parque. Siguen sonando. Las canciones. En mi cabeza.

Tropiezo. Al bajar el bordillo. Al girar la esquina. Como aquel día.

- Perdón

- Vaya no te había visto. Huy. Hola

- Hola preciosa, ¿cómo estás?

Dos besos. Charla insulsa. Vamos a tomar un café. Quiere ponerse al día. A veces sé quién es. Muchas no.

Clientes. Amigas. Actualizándonos.

Despacio. Terminó el café. Aquella vez. Pedimos dos cervezas.

Y pensé de qué. Un trago. Me miró. Y la miré. Aquella vez. Tras tropezar. Al girar la esquina. Y fuimos a tomar algo. Quería ponerse al día.

Y al rato fue incómodo. El silencio. No había tema. Ni conversación. Solo una clienta. De mi bar.

- Creo que voy al aseo.

Y recordé.

Esas palabras. El detonante.

Recordé. Que eran las cuatro y media. Que Elena se fue. Que habíamos discutido. Que estaba enfadado. Y bebido.

Recordé. Que le puse un tequila. Y otro para mí. Qué cojones. Vayan saliendo. Estoy cansado. No gritéis fuera. Hasta otro día.

Recordé que puse dos más. Y pensé. Que no tenía compañeros. A veces. *Sometimes I feel like my only friend.* Y no me gusta. No tengo ángel.

Recordé el vaivén. Al levantarse. El sonido. La voz. Voy al aseo. El pasillo. Estrecho. Angosto. Su anatomía. Todo se dibujaba. Tomaba forma. En mi mente. Perturbada. De nuevo.

Recordé mi cabeza. Hirviendo. Sus ojos. Brillando. Por el alcohol.

Recordé que no había nadie. Que todos se fueron. Que no volvía. Del aseo. Y que estaba furioso.

Recordé. Que estaba solo. Que bullía mi cerebro. No iba bien. Fui al aseo. Me planté. Y esperé. Y no salía. Y esperé más. Un rato más.

Y se abrió la puerta. Y levantó la cabeza. Miraba el bolso. Y me vio. Cruzándose. Nuestras miradas. Sorprendida.

Y recordé que entramos. Que tropezó con el lavabo. Que retrocedió. Que estábamos los dos. En el aseo. De señoras. Abrazándonos. Pegados.

Recordé que quería arrancarle la ropa. Pero la abracé. Me estrechó. Me calmó. Mi furia. Mi rabia. Mi cabreo.

Y acarició mi nuca. Y chistó. Y dijo no pasa nada. Y besé su oreja. Su lóbulo. Mientras. Sus dedos se enredaban. Y me besaba. Despacio.

- Te he echaba de menos.

Apretó. El abrazo.

Besé su cuello. Lo mordí. Se rio. Lo ensalivé. Me estrechó. La estreché. Abrazados. Unos segundos. Eternos.

Cerré los ojos. Besé su cuello. Me separó. La miré a los ojos. Verdes. Profundos. Mi cara. Un anhelo. Su sonrisa. Deliciosa.

Posó sus labios en los míos. Sonreímos. Saqué la lengua. Abrió. Separó los labios. Jugamos. Espadas húmedas. Lenguas jugando fuera de la boca. Plegándose.

Busqué su lóbulo. Su oreja. De nuevo. Lo mordí. Suspiró. Se excitó. Me excité. La estreché. Me estrechó. Mordió mi lóbulo. Agarré sus nalgas. Mis manos en los bolsillos del vaquero. La estreché. Me excitó. La atraje hacia mi erección.

Me quedé quieto. Muy quieto. Se quedó inmóvil. Mi cabeza en su hombro. Muy juntos. Un aseo. Estrecho. Una erección patente.

Y recordé. Que cerré los ojos. Y cerré los ojos.

Y se detuvo el tiempo. Por un instante. Segundos. Minutos. Horas.

Y me dijo ven. Y fui. Y se sentó. En el inodoro. No estaba sucio. Pequeño. Estrecho. Limpio. Aquella noche sí.

Me abrazó. Levantó mi camisa. Besó mi vientre. Sus manos en mi cinturón. En el borde. En mi pantalón. Mi cinturón. Mi cremallera. Mi bóxer.

Cerré los ojos. Y le dejé hacer.

Me desabrochó. Acarició mi bóxer. Mi pene enhiesto. Lo palpó. Besó mi ombligo. Me retorcí. No abrí los ojos. Solo me retorcí. Y gemí.

Sacó mi pene del bóxer. Lo masturbó. Acarició mis testículos. Con la otra mano. Mi perineo. Mi ano.

Sus labios en mi glande. Lo besó. Lo recorría. Con la lengua. Sus manos inquietas. Amasando. Presionando. Mis testículos. Prietos. Gemí. No abrí los ojos.

Arañó mi perineo. Lo rascó. Mi pene en su boca. Me tensé

- Ya.

Eyaculé. Entre sus labios.

Casi me caigo.

- Luego cambiamos.

- Ok.

Me besó. Mi sabor. Dos cervezas. Rápidas.

Y recordé. Que la senté en la barra. Y se me echó encima. Besándome.

Me pegué a ella. Agarré sus pechos. Desde atrás. Sobre la camisa.

Besé su nuca. Bajé las manos. Busqué su piel. Acaricié su vientre. Subí su sostén. Pellizqué sus pezones. Su cuello. Su nuca. Su nuca llena de mi saliva.

Avanzamos. Torpemente. Pegados.

La aplasté contra la pared. Su cara se ladeó. Mi cuerpo sobre ella. Chupé sus labios. Los lamí. Pellizqué más fuerte. Sus pezones duros. Gimió. Lamí.

Me separé. Me despegué. Y fui por su cremallera. Sus botones. El cierre. Lo abrí. Tocaron fuera. Callamos. Paramos. Un instante.

Bajé sus *jeans*. Contra la barra. Encaje rosa. Una tira. Separando las nalgas. Las besé. Las lamí. Las mordí. Sus piernas. Más saliva. El pliegue de sus nalgas. Allí se convierten en muslos. Mis manos en sus costados.

Recordé su tanga. Estaba en el aseo. Aun. Y yo tomaba cerveza.

Recordé. Sus nalgas. Lamidas. Junto al tanga. Mojado. Saliva en el encaje rosa. Por ambos lados. Por encima. Bajé tus pantalones. Del todo. Bajé su tanga. Los *jeans* en los tobillos. El tanga en las rodillas.

Acaricié su vulva. Estaba mojada. Caliente.

- Raspa.

- Hace unos días ya que me depilé.

Acaricié sus cachetes. Entre los dos. Pulsé su ano. Me agaché. Lo besé. Lo ensalivé. Mojado. Con mi lengua.

Se reclinó. Su vulva. Ofrecida. Besé su sexo. Olí su aroma. Saboreé sus flujos. La penetré con mi lengua. Mis labios. Sus labios. Sorbiendo su clítoris. Lo rodeé. Lo atrapé.

La giré. Su espalda contra la barra. Besé sus ingles. Acaricié su vulva. Un dedo. Mi dedo Desde el ano al clítoris. Recorriendo. Penetrando. Su tanga en el suelo. Cayendo.

- Espera.

Y la senté en la barra. Abrió sus piernas. Se quitó la ropa. Se recostó. Me zambullí. En su sexo. Entre sus piernas. Un cunnilingus tranquilo. Sin pausa. Froté mi lengua. Froté su vulva. Sumergí dos dedos. Mojé la barra. Y su ano. Con sus fluidos. Con mi saliva.

Gemía. Se retorcía.

Me puse nervioso. Esperando. No salía del baño.

Y yo recordaba. Como le comí el coño.

Como se retorcía. Como interpretaba. Leía. Me anticipaba. O trataba. Para gozarla. Para que se corriera. Con mi lengua. En mi boca. Como lo había hecho antes. Yo.

Gimió más fuerte. Respiró más fuerte. Levantó sus caderas. Presionó mi cara. Con su sexo

Y se acercaba al clímax. Y llegó al clímax.

Chupé su clítoris. Dos dedos. Dentro. Empapada. La bebí. Un dedo en su ano. Acaricié. Obligué. Entró. Su esfínter rodeando mi dedo. Lo hinqué. Hasta el fondo. Aceleré mi lengua. Gimió. Tembló. Tuvo un orgasmo. Mojé mi cara. Moví mi dedo. Salió del baño.

Y terminamos. Las cervezas. Y bueno me tengo que ir. Y por qué no quedamos. Ya sabes dónde estoy. Pásate a verme. Toma mi número. Ahí va el mío.

Y tengo su número. Y recuerdo aquella noche. Cuando lo miro.

¿Quién era? No sé. No lo recordé. Ni entonces. Ni ahora. Me pasa a menudo.

19 Mi casa

Elena. Una mujer. La mujer. En mi vida. La mujer en mi vida. Estos años. Los últimos. Mi única constante. La persona. Elena. El Johnny B. Goode. Y el rock and roll. Que no es contaminación acústica.

Elena y yo usamos la barra. Y el aseo. El de mujeres. Y el de hombres. El almacén.

Lo hicimos muchas veces. Follamos.

Aguantaba mi mierda. Mis malos humores. Toda mi quina. Y mi bilis.

A veces discutíamos. Nos enfadábamos. A veces nos íbamos juntos. Del bar. A casa. A la suya. O a la mía. Cada vez más veces. Le cogía la mano. Se venía conmigo. La veía guapa. Y quería hacerla mía.

El bar iba. Bien o mal. A ratos. A épocas. A saltos de humor. Del mío. O del suyo. Y nos veíamos. Allí o fuera.

Paseábamos por el río. El río sin agua. Por Blasco Ibáñez. Por Viveros.

No todo era el Johnny. No todo era amor.

Era sexo. Y compañía. Nada de amor. En realidad. Solo sexo. Y compañía.

En el almacén. En la barra. En un ascensor. Follar.

Salimos juntos de viaje. Y se quedó sin piso.

Se vino al mío. Una temporada.

Habitaciones separadas. Dos. Dormíamos juntos. Las más de las veces. Si no estaba enfadada. Que era a menudo.

Conocía a mis amigos. Y yo los suyos.

Nunca hablábamos. De nosotros.

Yo hacía la compra. Del bar. Y de casa. Fregaba los platos. Cocinaba.

Ella la colada. Y la plancha.

Limpieza a medias.

Puedo vivir en una pocilga. Vivía en una pocilga. Entonces. Ella no. No podía.

Mi casa era una pocilga. Cuando llegó.

Mi casa es donde regreso. Casi siempre perdedor. Pero nunca fracasado. Mi casa es el Rock and Roll. Rock and roll lleno de grasa. Polvo. Y pelos por el suelo.

Y mi casa fue nuestra casa. Y de nadie más. No hubo más inquilinos. Ni realquilados. Ni habitaciones con estudiantes. O amigos. Amigos a los que habían echado de casa. Sus novias. Sus mujeres. Sus parejas. Sus caseros.

Y mis mierdas fueros las suyas. Sus neuras fueron las mías.

Y llenamos las habitaciones. De trastos. De cedés. De discos duros. De carpetas.

Con su portátil. Sus pinturas. Su caballete.

Un chal verde. Verde pistacho.

Su vestido de verano. Sus bolsos marrones. Y el de paja. Playero. Y sus chanclas. Sus pijamas. Su maleta de viaje. Una sombrilla.

Trajo sus mallas. Sus zapatos. Sus sandalias. Sus botas. Sus vaqueros. Y sus faldas. Sus camisetas. Sin romper. Y las rotas.

Y el cepillo de dientes.

Maquillaje. Colonia. Gel. Cuchillas. Cera.

Trajo su vida. Y la puso en mi casa. Mi casa. Nuestra casa.

Su ginebra. Y mi whisky.

20 Cena de verano

Elena dormía poco. Generalmente. Con el calor.

Estábamos de vacaciones. Distinta rutina. Tomo sumaba. O restaba. Según se mire.

Quedamos con amigos. Cena en casa. Juanma. Raquel. José. Almudena. Paco. Y Sara. También Pedro. Y Juan. Y María y Antonio. En casa de María y Antonio. Vino Adriana.

- Es una lástima que tu chico no haya podido venir a la cena.

Cena de (casi) todos los veranos. En casa de María y Antonio.

- Hubiera sido divertido conocerlo, pero bueno, habrá otras ocasiones. Seguro.

Adriana me miró. Se extrañó. Estuvo conmigo. En el bar. En mi cama. En el Johnny B. Goode. Al poco de abrir. No la llamé.

Vino. Miró la barra. Pidió dos copas. Hablamos. Pedí un taxi. Para su amiga. Les invité. Se quedó en el bar. Y fuimos a mi casa. Tres polvos echamos. Que yo recuerde. Hasta medio día.

Dos besos. Como estas. Muy formal. Muy raro. Fuera de lugar. Ambos. Su mirada perdida. Distante. Nerviosa. Supongo. Yo también.

Esta es Elena. Vino. Mejor cerveza. Ya recuerdo. Del bar.

Se calmó. Viejos amigos. Todos. Incluso ella. Adriana. Del barrio. Del Barrio San José. Junto a la salida de Barcelona. Cerca del Politécnico. Todos de confianza.

Fumaba. Charlaba. Animada. Divertida. Con Antonio. O con Juanma. En la terraza. El gato entre ambos. Su traje rojo. Los años pasados. Risas. Más vino. Más cerveza.

Elena salió a fumar. Con Adriana. Las dos. Charlando. Animadas. Juanma fue al aseo.

Yo miraba. Las miraba. A Adriana. Y a Elena.

Y Elena entró. Terminó su cigarro. Y entró. Y salí. Y hablé con Adriana.

Estás muy guapa. Ya sabes. Bueno. Lo siento. Tranquilo. No te preocupes. Ya bueno. Es que. Da igual.

Sonrió. Acarició mi brazo. Amistosamente. Arriba abajo. Un par de veces.

- Me puse nerviosa. Al verte.

- Y yo.

Salvados. Por la campana. A la mesa.

Nos sentamos. Al fondo. Presidiendo yo. A un lado Elena. Al otro Adriana. En la pared. Era estrecho. El comedor. Lo es. En realidad

A mi derecha. La toco. Sin querer. A Adriana. Acaricio sus piernas. Con mi pie. Es inevitable. Me excita.

Noté su rubor. Ligeramente. Nadie lo notó. Me dio por ahí.

Subí el pie. Por sus gemelos. A propósito. Esta vez.

Me devolvió la caricia.

Ajenos. Todos. Los demás. Reían y comían. Todo estaba delicioso. El vino subiendo. Y las cervezas. Chistes.

Anécdotas que se sucedían. Las mismas de siempre. Casi. Más las del último año. Reímos. Como siempre.

Un vínculo. Adriana y yo. Mientras. Los pies. Bajo el mantel.

Paco tiró un corcho. A José. Le dio a Pedro. Junto a Adriana. Cayó entre los dos. Me agaché. A sus pies. La mano entre sus muslos. Disimuladamente. Hasta el borde del vestido rojo. Acaricié sus ingles. Dio un respingo. Luego me lo dijo. No protestó. Acaricié las piernas de Elena. Fuera de mí.

Terminó. La cena. Copas. Caricias bajo la mesa. Miradas cómplices. Besé a Elena. Empotré mi lengua en su boca. Mirando de reojo. A Adriana.

Adriana estaba quieta. Mirándome. Mejillas sonrosadas. Dijo por el vino. Mientras recogíamos.

El vino quizá. Había algo más.

Servimos bebidas. Cambiamos mesa por sofá. Me rozaba. Me buscaba. O eso me parecía. Adriana. Digo.

Los niños daban tumbos. Querían jugar. Conmigo. De acuerdo. Me olvidé. De Adriana. Por unos minutos.

Adriana por ahí. Bebiendo. Charlando. Fumando. Los niños y yo. Ambos divertidos. Cada cual a su modo.

Los niños a la cama. Y yo una copa. Para recuperarme.

Adriana charlaba con Elena. Y con Sara. Fumaban.

Terminaron el cigarro. Entraron. Elena a un lado. Adriana al otro. Las dos. Conmigo. En el sofá. Pegados. Era estrecho. Lo es. En realidad.

Elena se quedó dormida. Y le di un pellizco.

- ¿Eh? ¿Me he dormido?

- Sí.

Me maldijo. Pero se quedó dormida. De nuevo.

Mientras charla. Y bebida. Y tele. Y música. Bajita. Para no despertar a los niños. Y salí a fumar. Adriana se vino. Detrás.

- Me gustan tus caricias.

- Ya no estás nerviosa.

- Un poco aún.

- Y yo.

- ¿Qué hacéis? ¿Otro Gin-Tonic?

- ¿Por qué no?

Era el tercero. O el cuarto.

- Es tarde. ¿Damos una vuelta?

- Por nosotros quedaros, ¿eh?

- Los nanos están durmiendo. Mejor nos vamos

Apuramos las copas.

- Si, vamos a dar una vuelta.

- No sé, yo me voy a casa, estamos cansados.

Recogimos. Terminamos. Besos. Abrazos. Fuimos saliendo. Juanma. Raquel. José. Almudena. Paco. Y Sara. También Pedro. Y Juan. Y Adriana. En casa se quedaron María y Antonio. Con los niños.

Elena dormía.

- Jo, estoy sopa. Llévame a casa.

Y pillamos los coches. Y fuimos al Blue Iguana. Repartidos. En el mío Elena delante. Y detrás Adriana. Salimos. Giramos la esquina. Elena dormida.

- ¿Nos vamos a casa?

- Déjame en casa y haz lo que quieras.

Se dejó llevar. Se durmió. Miré por el retrovisor. Vi su cara. La de Adriana. Estiré una mano. Hacia atrás. Y toqué su pierna. Miré atrás. De nuevo. Por el retrovisor. Sonreía. Se movió. Se acercó. Yendo a casa. Concha Espina. Acariciándola. Estirando la mano. Hacia atrás. Desperté a Elena. Bajó. Me besó. Se fue a dormir. Dulcemente. Me besó. Con lengua.

Adriana subió delante. Nos despedimos. Arranqué.

Giré la esquina. Paré el coche.

- Estoy a mil

Se acercó. Royó mi oreja. El lóbulo. Estaba a mil. Me lo dijo. Escrutó mi boca. Nos besamos. Mordió mi labio inferior. Pasó la lengua entre mis dientes. Entre mis labios. Nos lamimos. Mutuamente. Nuestras lenguas. Dentro y fuera. De nuestras bocas.

- Aun tienes su aroma.

Seguí con el beso.

- ¿Te molesta?

- No, al contrario.

Arranqué de nuevo.

- ¿Me das tu tanga?

Se movió. Se quitó la ropa interior. Breve. Escasa. Me la dio. La olí. Algo húmeda.

- Este aroma también me gusta.

Acaricié sus muslos. Parados en un semáforo. Subí. Poco a poco. El vestido.

Semáforo verde. No había nadie. No arranqué. Subí. Poco a poco. El vestido. Hasta su cintura. Desnuda. Completamente. De ombligo abajo.

Abrí sus piernas. Acaricié sus muslos. Su vientre. Sus ingles. El vello. Una estrechita banda vertical. Recortada. Sobre su sexo. Adornándolo. No toqué su vulva.

La acariciaba. Y conducía. Entre marcha y marcha. Y respiraba fuerte. Adriana. Onerosamente. Llegando al Blue Iguana. Aparqué lejos. Más allá de Pedro III. Acarició mi bulto. Nos besamos. Y yo amasé sus pechos.

- ¿Me devuelves el tanga?

- No

Se arregló el vestido. Y bajamos del coche. Acalorada. Yo también. Entramos en el local. Estaba lleno. Ella delante. Pegué mi erección a sus nalgas. Entre ellas. Me aseguré que la notaba. Los encontramos al fondo. A todos. O casi. Con sus copas. A medias.

Explicaciones. Elena dormía. Aparcamos lejos. La parte que se podía contar. Pedimos unas bebidas. Saqué el tanga de Adriana. Al buscar dinero. Lo cambié de lugar. No quería problemas.

- Nos vamos. Está muy lleno

Se fueron marchando. Apuraron sus copas. Nos dejaron solos. Solos de nuevo.

Se alejaron. Los últimos. José y Almudena. Entre la gente. Altos. Los perdí de vista. Me puse detrás de Adriana. Mi polla entre sus nalgas. Mis manos en sus caderas. Pegado a ella. Y a todos los demás. Entre la multitud.

No dijo nada. Subí su vestido. Ligeramente. Acaricié su piel. Desnuda. Sus piernas. Sus nalgas. Miré alrededor. Todos a la suya. Pasando de nosotros. Me apoyé. En la pared. Entre la multitud. Amparado. Mis dedos paseando. Sobre sus nalgas. Entre ellas. Me recosté. Un poco. Encontré su ojete. Lo acaricié. En círculos. Con las yemas. Mi cabeza sobre sus hombros. Mordí su lóbulo. Se mordió los labios.

- ¿Qué haces? ¿Estás loco?

- ¿No te gusta?

- Uf.

Alcancé su vulva. Al preguntar. A la vez. El bufido fue un sí.

Introduje la yema de mi corazón. En su sexo. Estaba muy mojado. Y caliente. Muy caliente. Hasta donde pude. Estábamos rodeados. No podía moverme más. No pude alcanzar más.

Volví al otro agujero. Al de su culo. A morder su lóbulo. A presionar mí pene con sus cachetes.

- Será mejor que nos vayamos.

Tenía la copa a medias. Y la cara desencajada. La vi. Al girarse. Y yo una excitación terrible. No podía pensar demasiado.

Volvimos al coche. Mis manos en su cintura. Las calles desiertas. Continué mis caricias anales. Paramos dos veces. A jugar con nuestras lenguas. Llegamos al coche. Arranqué.

Primer semáforo. Subí su falda. Desnuda. Como antes. De ombligo abajo.

Toqué su vulva. Sus labios inferiores. Directamente. Buscando su clítoris. Entre ellos. Abrió las piernas. Gimió. Estaba ofuscado. No sabía dónde ir. No podía ir a casa. No tenía las llaves del bar.

Fui hacia su casa. A casa de Adriana. Paramos. Aparqué. Cerca de su casa. Me concentré. El masaje. En su coñito. Estaba cerca. Gemía. Y gemía. Gruñía. Y gruñía. Y yo quise oír. Quise oír el sonido de su orgasmo. En mi coche.

- Vamos zorrita, córrete en mi coche. ¿Te gusta mi dedo? Eres una zorrita muy ruidosa. Me encanta.

- Sí, sí, sigue

La insulté. La animé. Zorra. Vamos. Puta. Córrete. En mi coche. Con mis dedos. Se una putita buena y vente en mi coche. Y se corrió. Gritando. Jadeando. Llamándome hijo de puta. Cabrón. Que dedos tienes. Cabronazo.

Salí del coche. El olor a sexo era denso. Casi humeante. Me apoyé en el maletero. Salió. Me acarició la nuca. Me besó. Con afecto.

Plantó la mano en mi bragueta. La desabrochó. Miró a su izquierda. Y a su derecha. Solos. No había nadie. Sacó mi pene. Semierecto. Descansando. Engordó. En sus manos. Me masturbó lentamente. Miraba mis ojos. Me dio un pico. Se agachó. Volvió a comprobar que no había nadie. Mi miembro duro. De nuevo. Pasó su lengua por el tronco. Por todo. Apretó mis testículos. Refregó el perineo. Se lo introdujo todo. Todo mi sexo. Toda mi polla. En su boca. Abarcándola. Con los labios. Hasta mis vellos. Noté su lengua. Sobre él. El pene.

Se ocupó del glande. Llenándolo de saliva. Abundante. Tocó mi ano. Como yo el suyo. En círculos.

Agarré su pelo. Cerré los ojos. Me estiré. A punto.

Abrazó mi sexo con sus labios. Derramé mi esperma. Abundante. En su garganta. Me mareé.

Cuando me recuperé ya había limpiado su boca.

- ¿Te lo has tragado?

No lo negó. No lo afirmó. Vivo con la duda.

Abrí el maletero. Una botella de mistela. Un par de tragos. Hablamos de la cena. De nuestros amigos. Como dos colegas.

Por un momento. Sentados. En el bordillo. Entre mi coche y otro. Se levantó. A por un cigarro. Al rato.

Encendió el pitillo. Frente a mí. Mis manos en sus costados. Subí su vestido. Rojo. Otra vez. Desnuda. De ombligo abajo.

La giré. Se apoyó en el coche. Fumaba. Dándome la espalda.

Me coloqué detrás de Adriana. Alcancé sus pechos. Por el vientre. Subí el sostén. Estiré sus pezones. Por primera vez. Aquella noche. Atrapé sus caderas. Abrí sus nalgas. Lamí su ano. Encajé un dedo. Con dificultad. Masajeándolo. La incliné. Me acerqué. Puse mi pene. Cerca. A su alcance. Inclinada. Lo cogió. Se acarició con él. El clítoris. Aun blando. Mi sexo. En reposo. Descansando. Yo tenía dos dedos dentro de su culo. En la calle. En plena calle. No había nadie.

Sus caricias tuvieron premio. Mi erección era evidente. A punto. La acomodó en su sexo. Se lo metió. Mi pene. La movía yo. Al compás. Entrando y saliendo. De su coño. Caliente. Empapado. Con rudeza.

Me incliné. Examiné sus pezones. Los dilaté. Susurré obscenidades. Fólllame. Perrita. Te gusta mi polla dura, ¿eh, nena? Como has gozado cuando te los metí en el ano.

Ella mordía. Solo mordía sus labios. La calle desierta. Solo el golpeo de nuestros cuerpos. Eso se oía. Y bufidos. Gemidos. Jadeos. Adriana fumaba.

- Voy a llenarte de leche

Tiró la colilla. Agarró mis nalgas. Y presionó. Hacia sí. Me quedé inmóvil. Movió sus caderas. No podía más. Movió sus caderas. *Alante y atrás. Alante y atrás.* Sobre mi polla. Me hizo eyacular.

Apreté mi boca sobre sus hombros. Para no gritar. De placer. Clavé los dientes. Se corrió Adriana. Eso me pareció. Salvajemente. Descontrolada.

Me zafé. Como pude. Jadeaba. Una gota de semen en su ingle. Mis dientes marcados. En su omoplato.

Me vestí. Subí al coche. Vino por sus cosas. Estábamos junto a su casa.

- ¿Ya has pensado que vas a decirle a Elena por esa mancha del asiento?

Bromeé.

- Ven y explícaselo tú

Subió al coche. Incompresiblemente. Y fuimos a mi casa.

21 Dignidad

Tu vida es como es. No como a ti te gustaría. Y la mía.

Una sucesión. De días. De jueves a sábados. Al principio. De miércoles. Y martes después.

Naces. Creces. Oyes. Pinchas. Follas. Y mueres.

Eso es lo que hay. Con dignidad.

Puedes ser un *travelo*. Y chuparla por veinte euros. Una puta de rotonda. Un muerto de hambre. Y ser muy digno.

O montar un bar. Y ser un gilipollas.

Padres de familia. Hay. De las dos clases. Por supuesto.

La mano repartida. Y con ella hay que jugar.

Dignidad es marcarse un *all-in* con dos siete. Señores.

Aquí estamos. Mi polla y yo. Y un dos. Y un siete. Y vamos con todo. Puedes partirme la cara. Cuando gustes. Pero iguala la mano primero. Gilipollas.

No soy mejor. Ni peor. Solo juego mi mano. Y tú mientras miras. Y tu vida se va. Gilipollas.

Mañana estaré muerto. O pasado. Quién sabe. Saldré a la calle. Y me partirá un rayo. O me pasará por encima el tranvía. O me reventará el hígado. O las cuencas de los ojos.

Estando ciego oiré. Estaré muerto. Y vivido.

Tomé mis decisiones. Decidí no estudiar. Decidí oír. Aprender. Y ahora escribo.

Decidí quedarme. En Concha Espina. Y no hacerme más la maleta.

Decidí sombras. Y no luz.

Estos son mis principios. Y no tengo otros. Este es mi final.

22 En sueños

No debiera cenar kebab. Picante. Muy picante. Me da mala noche. Siempre No sé qué hora era. Sueños eróticos. Pesadillas. Despierto. Fui al aseo. Mi sexo dolía. Erecto. Tieso. Demasiado picante. Demasiado tiempo abstinente. Elena enfadad. Traté de orinar. Mejor en la bañera. Sin salpicaduras. Limpié. Con cuidado.

Entré en la cocina. Un vaso de agua. Dos. Quizá me despierte otra vez. Una infusión. Mejor. Decidí dormir. La casa en penumbra. Mi cuerpo pesado. Cansado. Lento. Hastiado. Insomne. Llegué a la cama. Había un bulto.

Aparto el nórdico. Elena era el bulto. De espaldas a mí. Desnuda. Su espalda brillaba. Sus nalgas brillaban. Su tanga las partía. Tenues. En la oscuridad. La luz de la calle filtrándose.

Estaba dormido. Pensé. Será que sueño. Pensé.

Me acosté. Me acerqué. No estaba antes. Que hacía allí. Estaba confuso. Me eché. Me abrazó.

- ¿Estás bien? Trata de dormir.

Cerré los ojos. Traté de dormir. Lo conseguí. Sueño profundo.

Me desperté. O creí despertar. Elena no venía a mi cama. Hacía semanas.

Miré a mi derecha. Ahí seguís. Durmiendo. Creí soñar. Dormí. Soñé. Más sueños.

Imágenes eróticas. Elena desnuda. Chupando mi ano. Amparo besando a Adriana. Bajándole el tanga. Con los dientes. Ewa comiendo mi polla. Sara comiendo su coño. El de Ewa. Alex. Viva. Desnuda. Besando mi pene que entra en el culo de Almudena. Lamiendo conmigo el ano de María.

Sexos velludos. Y rasurados. Pechos. Mujeres desnudas. Mujeres con mujeres. Sexo. Hombres y mujeres. Varios. Muchos. Sexo. Mucho sexo.

Soné un ruido.

- ¿Qué es eso?

Aun de noche. Elena no estaba. Y vino. Y estaba ahora. Desnuda. Besando los pechos de Raquel. Penetrada por Juanma.

Elena no estaba. Me abrazó. Se apoyó. En mi costado. Rozándome. Con su pierna. En mi sexo. Tieso.

- ¿En qué estarías soñado, pillín?

No entendía nada. Estaba excitado. La abracé por la espalda. Mi mano en su cintura. Subía. Acariciando su pelo.

- En ti. En mí. En los dos. Follando.

- ¿Ah, sí?

Me rozó. Me lo rozó. De nuevo. Mi sexo se estremecía. Mi mano tiró de su pelo. Guío su boca. Hacia la mía. Le robé un beso. Le rocé los labios. Le mordí el labio inferior.

- Follando, como cerdos.

Su lengua asomaba. Mi lengua la buscaba. Me miró. Me incrusto sus ojos. Profundos. Claros. Sin sonrisa ya. Con lascivia. Lucha de lenguas. Entre las bocas. En mi boca. En la suya. Saliva goteando. Un beso muy mojado. Peleando.

Anoche no estaba. Después sí. Estaba enfadada. Dolida. Asqueada.

Muerta por la rutina. Harta de mí. Y del bar. De mis manías. De mis pelos.

No entiendo nada. Ni entonces. Ni ahora. No pregunté.

Mi pene duro pensaba. Por mí.

Salté. Cayó boca abajo. Me puse encima. Sobre ella. Besé su cuello. Mis manos sobre las suyas. Mordí su hombro. Su mejilla. Su oreja. Su hombro. Su oreja. Su mejilla. Apretó los dedos. Sus dedos. Y los míos. Entrelazados. Uniendo las manos. Buscando unirme a su boca. Mi lengua. Su espalda. Recorriéndola. Bajando. Su costado. Morder. Rascar. Frotar.

Me solté. Protestó. Acaricié su pelo. Y su espalda. Buscando su tanga. Con la boca. Lo estiré. Con la lengua. Chasquido. Dobló las rodillas. Subió en culo. Bajé las manos. En sus costados. Por sus pechos. Bajando su tanga. Por los muslos. Hasta sus rodillas. Su culo en alto. Su sexo apretado. Entre sus muslos. Deseándome. Suspirando. Oliéndola. Soñaba que olía su sexo. Y lo olí.

Besé sus cachetes. Los mordía. Paseé mi lengua. Por sus muslos. Por sus caderas. Caricias. Besos. Muslos. Caderas Ingles. Miraba de reojo. Un minuto. Cinco. Una eternidad. Su sexo brillando. En la noche.

Levanté sus tobillos. Desnudos. Los tobillos. Ella. Y yo. Completamente. Su boca arriba. De rodillas yo. A su lado. Admirando su cuerpo Sus pechos. Su sexo. Liso brillante. Sus piernas. Juntas.

Pellizqué sus pezones. Mojé mis labios. Con su sabor. Y su pubis. Con mi saliva. Buscando aire. Con ansia. Con pasión.

Abrí sus piernas. Fácilmente. Mis caricias dibujando su coño. Sin tocarlo. Brillante. Me miraba entre sus pechos. Subían y bajaban. Sus ojos brillando. Claros. Llenos de chispa. Húmedos. Como su coño.

Mi lengua en la sábana. Entre sus piernas. Bajo su sexo. Lo pulsaba. Abriendo. Despacio. Llevándose su jugo. En la punta. Atrapando su aroma. En mi nariz. Aroma de sexo mojado.

Su coño se abrió. Mi lengua lo penetraba. Un poco. Mis labios atrapaban. Su clítoris. Gemía. Gemía. Gemía. Y suspiró. Descansando. Mis labios sobre su clítoris. Rodeándolo. Mi lengua presionando. Y ella gemía. Suspiraba. Y gemía.

Posé la lengua en la sábana. En su ano. Y subí. Lo lamí. A la vez. Su ano. Su coño. Su coño abierto. De nuevo. Más fácil. Más mojado. Más caliente. Más delicioso. Mi lengua entró en él. Toda. Abierta. Gimió.

Masaje en el clítoris. Con mi lengua. Mi boca en sus labios. Inferiores. Mi lengua entraba. Y salía. De su sexo. De su coño. Acariciando el clítoris. Presionándolo. Bebiéndomela. Suspiró.

Besé su sexo. Mis labios lo atraparon. Mis manos en su vientre. En sus inglés. Acariciando su vulva. Entrando en ella. Un dedo. Dos. Gemía. Gritaba.

Mi lengua hábil. Moviéndose. Rápido. Sobre aquel clítoris. Dos dedos entran. Y salen. Salen. Y entran. Y salen. Y uno presionaba. El ojete. Mi lengua inquieta. Moviéndose. Sobre su clítoris. Mi dedo mojado. Mojando su ano. Lo penetró. Penetró su vagina.

- Córrete.

Grito sordo. Suplicante. Su orgasmo. En mi boca.

Se corrió. En mi boca.

Las piernas apretaban mi cara. Mis dedos salieron. Me expulsó de su cuerpo.

- Ven.

Fui. Y me abrazó. Recuestó la cabeza. En mi pecho. Mi sexo estaba duro. Como antes. Erecto. Saludando. Lo acariciaba. Y sonreía. .

- ¿Qué hacemos con esto?

Comenzó a masturbarme. Y a preguntarme. Sobre mi sueño. Inquisitiva.

Y le conté como Amparo lamía la verga de José. Y Almudera el culo de Juanma. Y Juanma follaba el culo de Ewa. Que me chupaba la polla. Y Antonio miraba. Con María. Masturbándose mutuamente. Acariciándose.

Alex y Adriana se besaban. Y besaban el ano de Sara. Mientras Paco las penetraba. A las tres.

Y le conté como puse mi polla en el culo de Sara. Mientras Adriana y Alex lo besaban. Y como ella lamia su coño. El de Sara. Y Sara el suyo. El de Elena. Y José se puso enfrente. E hizo como yo.

Y Almudena follaba con Juanma. Como una perra.

Y Antonio se follaba a Ewa. Por el culo. Y Paco también. Por el conejo. Y Ewa comía el coño de María. Que comenzó a correrse.

Y yo me corrí. Sobre el vientre de Elena.

23 Nuestra casa

La barra tiene poder. Y te lo da. La cabina tiene poder. Y te lo da. El Rock and Roll tiene poder.

He estado con algunas mujeres. Que no merecía. Solo por estar ahí. Y tener poder. El poder de cambiarte la noche. Y ponerte dos copas.

Y abrí un bar. Y lo tuve claro. Y monté mi vida. Oí. Decidí. Y más.

Trabajé en el Instinto. En el Ye-Ye. Y en muchos otros. Abrí el Johnny B. Goode.

Y fueron pasando. Por delante. Muchas. Algunas se quedaron. Por unas horas. En casa. O en el bar.

Otras solo querían *farlopa*. O Chupitos. O copas.

Veinte años no es nada. El tango. Es una vida.

El Rock and Roll cobrando facturas. Y pagando intereses. Doliendo. Las canas. Los chequeos. El tacto rectal. Y la próstata. Ya están ahí. Delante mío.

Y piensas. Paseas. Meditas. Dónde. Qué. Quién. Cómo.

Echas la vista atrás. Y miras adelante. Han sido muchas. Pocas importaron. Muy pocas. Y tienes una delante.

Y salí. Una mañana. Sol en lo alto. Mentirosa. Mentiroso. Uno de marzo de dos mil trece. Viernes.

Me levanté pronto. Aquel día. Fui al banco. Iba en lo mío. Mis canciones en la cabeza.

Y había dinero. En la cuenta. El bar funcionaba. Y además bebí. Y me mamé. Me drogué. Dormí en el suelo. Y en un banco. Del bar. O del parque. En la cama.

Y me dije.

Que han pasado los años. Veinte. O más.

Que has vivido.

Que quizá estés en crisis. Que la vida no para. Que el sol está en lo alto. Y parece sincero. Quizá sea la hora. De dejar la carretera.

El dos mil trece no está mal. *Hell, ain't no bad place to be.* Que ya es el momento.

Y me paré en el horno. En el Cuenca. De Blasco Ibáñez. No el de Benimaclet. Esquina Almela y Vives. Me pedí un café. Y una empanadilla.

Y me repetía.

Ya no te sangran las tachas. Ya no tienes melena. Se te ha caído el pelo. No estás gordo. Ni calvo. Pero no estás.

Ya no quieres poder. Tienes a Elena. Te vas con ella. A menudo. A casa. A veces sale a tomar algo. Al cierre. O tú. Con amigos. Y duermes con ella. Solo duermes. Y no follas.

O follas. A veces.

No vas con otras. Cuanto hace.

Sexo. Y compañía. Como es eso.

Y conoce a tus amigos. Y a tu familia. Y es guapa. Y simpática. Y algo más joven que tú. Y mejor conservada.

Eso pensaba. Y salí. Paseando. Bajo el sol. Delante del Pasaje Dr. Bartual Moret. Paseando. Y pensando.

Nunca hablamos. De nosotros. Qué hacemos. Qué somos. Jefe. Empleada. Compañeros de trabajo. Compañeros de cama. Compañeros de piso.

Y anduve. Y anduve. Sin rumbo. Con mis pensamientos.

Y di la vuelta. Y olvidé que tenía que hacer. Mis tareas. Mis recados.

Y decidí. Y fui. Por ella. Por Elena. Andando rápido. Sudando. Pensando. Qué decir. Qué hacer. Sudando.

Aragón. Ciudad de Mula. Albuixech.

Concha Espina. Ascensor. Llave. Cerradura.

- Elena.

En su cuarto. Allí estaba. Desnuda. Con otro. Dos horas después.

Y quise sentir. Y no sentí nada. Nada nuevo.

No se paró el tiempo. Ni me estremecí. No lloré. Ni grité. Solo terminó.

Yo hacía la compra. Del bar. Y de casa.

Fregaba los platos. Cocinaba. En mi pocilga. Así fue. Así será.

Y nuestra casa fue mía. Y de nadie más. Otra vez.

Vacié las habitaciones. De sus trastos. De sus cedés. De sus discos duros. Y dejé los míos.

Apilé su portátil. Y sus pinturas. Rompí su caballete.

Y tiré su chal verde. Verde pistacho. Y lleno de mierda. A la basura.

Se llevó su vestido. Su vestido de verano. Sus bolsos marrones. Su capazo de paja. Playero. Y sus chanclas. Sus pijamas. Su maleta de viaje. Llena.

Vació los cajones. De mayas. De zapatos. De sandalias. De botas. De vaqueros. Y de faldas. De sus camisetas. Sin romper. Y las rotas.

Y el cepillo de dientes. Con un neceser. Con el maquillaje. La colonia. El gel. Las cuchillas. Y la cera. Todo en un bolso. Junto a tres libros. Y mis regalos.

Se llevó su vida. Conforme la trajo. Y dejó nuestra casa. Mi casa. Vacía.

Llena de whisky. Me serví uno.

Y me puse a escribir. Y a beber. Y a beber.

Y quedó llena. Mi casa. De vacío. De espacio. De nada. Y de whisky. En tres días.

Decidí. Cambié. Fui con todo. Con dos siete. De farol.

Y allí estaba. Elena. Desnuda. En casa. Con otro. Follando. Con dos ases. Y más fichas.

Y no paré de beber. Macallan. Desde entonces. Y de escribir.

Y me fui al bar. Vacío. A seguir bebiendo.

24 Feliz cumpleaños

No tengo resaca. En realidad no. No recuerdo mucho. Desperté empapado. El móvil descargado. No funcionaba. Mojado. Se mojó. Cómo llegué. No sé. Estuve bebiendo todo el día. Desde mediodía. Cuando me levanté. Salí. Terminó con sus cosas. Café. A beber. No resistí. Perdí los papeles. Probablemente.

No recuerdo nada. No es la primera vez. Feliz cumpleaños. Felices cuarenta.

No recuerdo nada. Empecé a apuntar. Todo. Desde el principio. Desde que recuerdo. Lo que vale la pena. Desde que tengo una vida.

Me puse un Macallan. Empecé a escribir. Y se ha terminado. El Macallan.